EXPÉDITION

DANS LES

BENI-MENACER

EN 1871.

Paris. — Imprimerie de J. Domaine, rue Christine, 2.

EXPÉDITION

DANS LES

BENI-MENACER

EN 1871

PAR

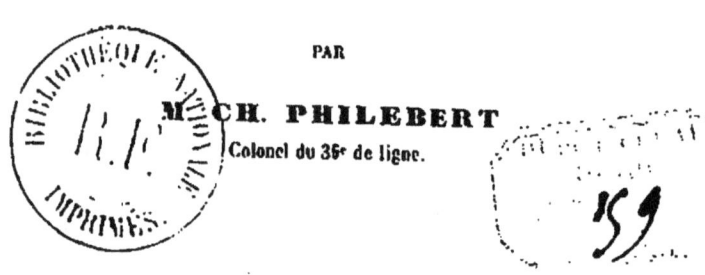

M. CH. PHILEBERT

Colonel du 35ᵉ de ligne.

Extrait du Journal des Sciences militaires.
(Décembre 1873)

PARIS

IMPRIMERIE ET LIBRAIRIE MILITAIRES

J. DUMAINE

RUE ET PASSAGE DAUPHINE, 30

1873

EXPÉDITION DANS LES BENI-MENACER

EN 1871.

INTRODUCTION.

Le moment est peu propice pour raconter un épisode de la guerre d'Afrique. Tous les yeux, tous les efforts sont tournés vers une organisation militaire qui nous mette à hauteur de nos redoutables voisins, vers des travaux stratégiques et tactiques plus grandioses. Pour les stratégistes, pour les tacticiens, la guerre d'Afrique a eu une influence néfaste; elle nous a, dit-on, habitués aux victoires faciles et nous a par cela même déshabitués des vertus austères, nécessaires pour la grande guerre.

Je n'ai pas la prétention de réduire à néant ces accusations, ni d'essayer de prouver que la guerre d'Afrique n'est pour rien dans nos désastres. L'histoire a mission de rendre justice à tous, et son jugement viendra en temps opportun; mais si la guerre d'Afrique est coupable, elle ne l'est pas seule, et si l'on cherchait bien, on trouverait aussi des causes qui tiennent à notre caractère national et à l'abandon dans lequel notre nation, devenue mercantile, a laissé tomber les choses militaires. Pour moi, toute fatigue est saine au soldat, toute privation lui est profitable, toute marche pénible a de la valeur, et les troupes rompues aux longues et rudes marches de l'Algérie sont tellement endurcies qu'en Europe, si elles étaient essayées dans une campagne de marche, elles étonneraient ceux qui ne les connaissent pas.

En racontant cette courte campagne, je n'ai point, du reste, l'espoir d'attirer l'attention des stratégistes et des tacticiens; je veux simplement donner à mes camarades qui l'ont faite avec moi une marque de bon souvenir.

Il est tout simple que la France réserve son attention pour les guerres qui mettent son existence en jeu, et la détourne de la petite guerre d'Afrique : mais l'Algérie a aussi son histoire à écrire, et, en faisant ce récit, j'ai voulu apporter mon faible contingent et assurer autant qu'il est en mon pouvoir, à ceux qui ont fait cette campagne avec moi, une petite page dans le compte rendu de l'insurrection de 1870-1871.

I

COMPOSITION DE LA COLONNE EXPÉDITIONNAIRE DE MILIANAH.

La colonne expéditionnaire de Milianah, chargée d'opérer par le sud des Beni-Menacer, était constituée de la manière suivante :

M. Nicot, colonel du 11e provisoire, commandant la colonne.

M. Avon, capitaine d'état-major, chef d'état-major.

M. Alata, interprète du bureau arabe de Milianah.

M. Philebert, lieutenant-colonel hors cadres, commandant l'infanterie.

M. Ménestrey, lieutenant (à titre provisoire), au régiment étranger, officier d'ordonnance.

Une compagnie du 23e bataillon de chasseurs à pied : lieutenant Schmidt.

Un bataillon du 11e provisoire : chef de bataillon de Négrier.

Trois compagnies du 80e de marche et trois compagnies du 81e de marche : chef de bataillon Hoselle, du 81e de marche.

Trois compagnies du 2e zouaves : chef de bataillon de Montleveaux.

Trois compagnies du régiment étranger : chef de bataillon Gache.

Un escadron du 9e chasseurs à cheval : capitaine Lambert.

Deux sections d'artillerie : capitaine Billardel.

Génie : capitaine Guibert.

Train des équipages : lieutenant Reboul.

Ambulance : M. Manoha, médecin-major du 11e provisoire.

Effectif au départ : officiers 73; troupe, 2,007; chevaux, 151; mulets du train et de l'artillerie, 155; convoi de mulets de réquisition, 614.

Cette colonne expéditionnaire devait agir sous son impulsion propre jusqu'au moment où elle arriverait dans le cercle d'action de la colonne de Cherchel, destinée à agir du nord au sud dans le même pays.

Cette dernière colonne, beaucoup plus considérable, était commandée par M. le colonel Ponsard, du 9e provisoire.

II

LES BENI-MENACER.

Les Beni-Menacer occupent la partie montagneuse, tourmentée, qui forme la ligne de partage des eaux entre les bassins côtiers du littoral et le bassin du Chélif.

Cette grande tribu est bordée au nord par la mer Méditerranée et le territoire des communes européennes de Novi et de Cherchel; à l'est, par la commune de Zurich et la tribu des Beni-Ménade; au sud, par les Righas et le Chélif; à l'ouest, par les Beni-Ferah, les Gouraya et les Zatima[1].

Les Beni-Menacer se divisent en Beni-Menacer du Sahel et Beni-Menacer de Milianah. Ceux du Sahel ou de Cherchel se subdivisent eux-mêmes en Cheragas et Gherabas. Leur territoire est habité par les fractions suivantes :

Commandement de Cherchel : CHERAGAS (de l'est). — Tidaff. — Beni-bou-Salah. — Beni-Abd-Allah. — Ouled-el-Arbi. — La population des Cheragas est de 4,727 individus.

CHERAGAS (de l'ouest). — Mazer. — Taourira. — Hayouna. — Beni-Habiba. — La population des Gherabas est de 4,929 individus.

Commandement de Milianah : Zouaouas. — Telakhikh. — El Helel-chya. — El Gherabas. — Quatre fractions.

Origines, mœurs.

Les indigènes des Beni-Menacer sont de race kabyle, et leur histoire, malgré toutes les recherches effectuées, présente la plus grande obscurité.

Il est probable que, comme toutes les races berbères, les Beni-Menacer, chassés par les Arabes venus d'Orient, durent abandonner des pays fertiles, pour se réfugier dans ces montagnes. Le pays presque inaccessible qu'ils habitent leur a permis d'échapper toujours à la domination turque et de voir rarement le mekhzen fouler leur territoire.

L'homme, chez les Beni-Menacer, est rude, dur comme ses montagnes, dont nous ferons la description plus loin; il est grand, fort, souvent blond, très-sobre et très-agile. — Le côté remarquable de son caractère est l'entêtement; jaloux à l'excès de certains privilèges ou de droits transmis par la tradition, il les défendra au péril de sa vie. Il est, comme tous les montagnards, insoumis et indépendant. Un célèbre marabout arabe, Sidi-Ahmed-ben-Youssef, les a décrits en deux vers; dont voici la traduction :

« Les Beni-Menacer, aux troupes militantes nombreuses, au jugement erroné, pervers.

« Ils s'assemblent le matin pour adopter une sage résolution.

« Ils se dispersent le soir sans avoir rien décidé.

« La sagesse ne leur vient qu'après la catastrophe. »

---

[1] Voir le croquis, p. 21.

Le soff des Beni-Menacer se composait des Arhat, Gouraya, Arib, Gherib, Bou-Halouan, Beni-Menad, Mouzaïa, toutes tribus soumises à leur action, que nous retrouverons à côté d'eux dans la révolte.

Le soff ennemi se composait des Beni-Ferah, Beni-Zougzoug et Riras.

Organisation des Beni-Menacer.

Cette puissante tribu renfermait dans son sein quatre familles de marabouts :

Les Nedjadjera, du Sahel ;

Les Ouled-Bel-Hassen, des zouaouas de Milianah ;

Les Ouled-Sidi-M'hamet-Srir, de la même fraction ;

Les Ouled-Sidi-Moussa, de Mazer.

Les trois dernières familles réglaient les différends, intervenaient dans les collisions et étaient prises pour arbitres par les populations; leur rôle était celui de conciliateurs. Elles agissaient en réalité sous la haute influence des Nedjadjera, qui longtemps eurent la direction de la tribu à l'exclusion de toute intervention des Turcs.

Chaque fraction nommait un cheik et une djemaâ. — Les affaires soumises aux Nedjadjera étaient envoyées devant le cadhi; puis le cheik et la djemaâ prêtaient main-forte pour obtenir l'exécution des décisions. — En résumé, il n'a existé aucune famille ayant joué un rôle important, ayant eu une influence véritable en dehors de ces groupes religieux. Les Beni-Menacer pouvaient être considérés comme formant un état indépendant, ne relevant que de lois religieuses et de coutumes traditionnelles. Naturellement, l'ordre y était rare, et les disputes et rixes fréquentes; la dureté des bâtons de chêne éprouvait souvent la solidité des crânes. L'un des membres de la famille des Nedjadjera était à la tête des Beni-Menacer, si nos recherches et notre évaluation personnelle ne sont pas en défaut, vers la fin du xviie siècle. A cette époque, vivait à Médéah un marabout nommé Sidi-Mohammed-Aberkane, venu de l'extrême ouest, d'un point appelé Seguya-el-Hemra. Sa réputation d'homme de bien répandue dans toute la contrée avait pénétré jusque chez les Beni-Menacer, qui se rendaient auprès de lui en pèlerinage.

A sa mort, son fils, du même nom que lui, Sidi-Mohammed-Aberkane, vint s'installer chez les Beni-Menacer, qui lui firent bon accueil. Il était pauvre et s'établit à la Zaouia. Peu à peu, grâce à la sévérité de ses mœurs et à sa dévotion, les gens de la tribu lui apportèrent des cadeaux, lui soumirent leurs différends et finirent par être pleins de déférence à son égard. Les Nedjadjera, mécontents de l'influence qu'exerçait cet étranger, voulurent le chasser, ce qui amena la division des Beni-Menacer en deux partis, qui en vinrent aux

mains; dans cette collision, le chef des Nedjadjera fut tué. Alors tout
le monde acclama Sidi-Mohammed-Aberkane, et il devint chef de
tout le territoire. Son fils Sidi-Saharaoui, assure-t-on, fut caïd de
tous les Beni-Menacer, et se fit reconnaître par les Turcs, auxquels
il fit un cadeau. Sidi-Saharaoui administra par l'intermédiaire des
Chiourkh. Il avait droit de vie et de mort, frappait des amendes,
recevait des cadeaux, mais ne percevait pas d'impôts.

A sa mort, ses descendants, Sidi-Abdallah-el-Berkani, Maleck-
ben-Ahmed, Malek-ben-el-Arbi, Sidi-ben-Aissa, M'hamed-ben-el-
Arbi, Sidi-ben-Aissa, M'hamed-ben-Aissa, se disputèrent le pouvoir,
puis s'entre-tuèrent; alors survinrent des troubles et des soffs (ligues).
A deux reprises, les Beni-Menacer les chassèrent, puis, fatigués de
ne pouvoir s'entendre, les rappelèrent.

Enfin, lorsque El-Hadj-Abd-el-Kader fit son apparition dans le
Tittery, M'hamed-ben-Aissa, qui commandait alors dans les Beni-
Menacer, embrassa sa cause et alla le rejoindre, après avoir constitué
entre les mains de ses parents le commandement de la tribu. C'est
celui qui a été bey de Médéah, et que nous avons connu sous le
nom de Berkani. Il a été un des plus utiles lieutenants d'El-Hadj-
Abd-el-Kader.

Deux fortes colonnes pénétrèrent dans les Beni-Menacer; la
zaouia fut rasée et séquestrée au profit de l'Etat. La famille des
Berakna fut faite prisonnière et réduite à la plus grande misère.

Abd-el-Kader-ben-Omar, dont le beau-frère, Si-Lesreg surnommé
le Lion de la Montagne, nous avait rendu de grands services et qui
nous avait lui-même servi de guide, fut nommé agha des Beni-
Menacer. Il était originaire des Zouaouas, marabouts des Beni-
Menacer de Milianah, ambitieux de prendre la direction de la tribu.
Ces éternelles rivalités se reproduisent toujours dans les mêmes
conditions.

Plus tard, lorsque la pacification du pays fut assurée, les Beraknas
furent rendus à leur pays, et Si-Malek même redevint caïd.

Au début des événements dont nous retraçons l'histoire, les Nedjadjera sont à la tête des Gherabas, les Beraknas à la tête des Cheragas, les Zouaouas à la tête des Beni-Menacer de Milianah.

Les partis sont en présence, et chacun d'eux désire obtenir le commandement de la tribu entière.

III

SITUATION POLITIQUE.

Le premier désir de tout militaire ayant l'intention de raconter les
faits et gestes de troupes en action en Algérie, est de s'abstenir de tou-
cher aux choses politiques du pays. Le côté politique, en effet, est tou-

jours désagréable à aborder. Il y a, dans la colonie, une telle confusion
d'idées, une telle dissemblance dans la manière de juger un fait, les
jugements d'après la position que l'on occupe dans la société sont
si diamétralement opposés, que la vérité n'a point de chance de se
faire jour. Ce qui est vrai pour l'un, est faux pour l'autre, d'emblée,
sans études et sans possibilité d'explications. La direction des affaires
publiques est discutée par tous, non pas au point de vue de ce qui
est praticable, mais toujours au point de vue de l'intérêt personnel
ou de l'amour-propre. Plus on descend l'échelle sociale, plus la
chose est vraie, et quand on arrive aux classes où toute étude se
résume en lecture de journaux, cela prend des proportions telles qu'il
n'y a qu'à laisser dire. L'esprit des populations du Midi, exagéré en
Algérie par la température et le climat, a sa part dans cette manière
d'être de la population. C'est aussi malheureusement un esprit que
l'on retrouve dans les populations de la plupart de nos grandes villes.

Cependant la mission des troupes en Algérie ne pouvant être
limitée à l'action combattante, puisqu'elles n'ont pas affaire à une
armée, mais à une population, il n'est pas possible d'éviter une
esquisse à grands traits de la situation du pays que la colonne avait
à parcourir. Nous le faisons à regret, n'ayant point le goût de la
discussion ; peu importe, du reste, car la page d'histoire que nous
esquissons, qu'elle soit ou non discutée au point de vue général,
n'en est pas moins vraie au point de vue absolu de l'action qu'ont
exercée les troupes de la colonne, et de la manière dont elles ont
compris leur mission et l'ont exécutée.

La révolte des Beni-Menacer eut lieu tardivement par rapport à
celle de Constantine et de la grande Kabylie. Cette dernière avait
fait en grande partie sa soumission au moment où eut lieu le mouvement des Beni-Menacer, puisqu'il fut possible d'employer à cette
campagne une partie des troupes qui avaient fait l'expédition de
Kabylie (partie du régiment étranger, du 2e zouaves, l'escadron du
9e chasseurs).

Cela prouve clairement que les Beni-Menacer n'ont point été
poussés à cette révolte par les malheurs de la nation et de l'armée
françaises, par l'espoir d'échapper à notre domination, mais seulement par la surexcitation que produisirent dans le pays les nouvelles
des révoltes de Constantine et de Kabylie, l'absence de tout commandement, de toute autorité et enfin la certitude du manque
complet de troupes dans les environs d'Alger.

Pour nous, ces causes existèrent, mais il y en eut une autre plus
sérieuse, qui apparaît dès le début et dont nous trouverons encore
les traces et les preuves dans la conduite des populations, au moment où elles furent obligées par notre pression d'arriver à soumission.

Sous l'influence démocratique qui présidait aux essais de luttes de la mère patrie, les populations méridionales de l'Algérie ne pouvaient se tenir inactives. Il ne manquait point à Alger, pas plus qu'ailleurs, de gens aventureux, amoureux de l'inconnu et prêts à se jeter dans tous les hasards, sans se donner le temps de réfléchir.

Aussi, sans se rendre compte qu'ils vont être en face d'un ennemi vigilant, ils crient bien haut, pour faire illusion à tous, que quatre hommes et un caporal de la milice suffisent pour avoir raison des indigènes, et se hâtent, dès que le dernier soldat est expédié en France contre les Prussiens, de désorganiser toute autorité militaire et de jeter à la porte généraux, administrateurs, etc.

L'exemple d'Alger est naturellement suivi dans l'intérieur ; et l'on vit à la tête du pays, dans certaines grandes villes, des gens qui, par leur éducation, leur aptitude et leurs connaissances, avaient, pour en citer un exemple entre tous, tout ce qu'il fallait pour conduire une *charrette*, mais non une population. Le résultat fut prompt.

Dans le peuple indigène, et peut-être plus que partout ailleurs, fermentent des passions du genre de celles qui furent exploitées à la fin de la Commune de Paris. Il se répandit vite dans ces bas-fonds que l'autorité était désorganisée, que ce qui devait être en dessous était monté en haut, et que le moment était propice pour ceux qui n'ont, en fait de respect de la loi, que la crainte, et, en fait de propriété, que des bras vigoureux et des désirs de jouissance.

La question ainsi posée se compliquait chez les Beni-Menacer d'une lutte de fonctionnaires. Si-el-Habbouchi, caïd des Gherabas, accusait Si-Malek de viser au commandement de toute la tribu. Un jour, il accourut à Cherchel se plaindre qu'il avait failli être assassiné et affirmait que la tribu allait s'insurger. Quelques gens accusés par lui furent mandés à Alger, puis relâchés ; on voulut ensuite les faire revenir. Ils s'y refusèrent. Si-el-Habbouchi donna sa démission. Si-Malek-el-Berkani resta au milieu de ce désordre croissant, seul lien entre nous et la tribu, faisant seul contre-poids aux gens de trouble. Sa responsabilité était lourde : mis en suspicion par l'autorité, menacé par les siens, il ne sut pas, pour son compte personnel, trancher la difficulté en se réfugiant au milieu de nous, et voulut essayer de maintenir sa tribu. Cette hésitation devait lui être fatale... Quelques meneurs couvrirent sa parole ; l'arrivée de Si-Caddour-ben-Embarek, descendant du fameux Sidi-Embarek, compagnon d'Abd-el-Kader, les menées des frères Ben-Hamida, des Beni-Menacer de Milianah (condamnés à mort depuis et exécutés) firent pencher la balance du côté de l'insurrection, qui éclata.

Au lieu de raisonner avec calme et sagacité, la population européenne, d'une seule voix, faisait retomber toute la responsabilité sur

Le même jour, fidèles à la promesse faite le 13, les Cheragas attaquèrent Zurich, au nombre de 400 hommes environ. Il fut défendu par M. le lieutenant Boquet (avec 80 hommes environ), qui se vit bientôt forcé, dans cette position désavantageuse, de se retirer dans un réduit solide situé au milieu du village. Les Kabyles, ardents à l'attaque, perdirent du monde, surtout dans une sortie vigoureuse de M. Boquet, qui se maintint jusqu'à l'arrivée de renforts envoyés d'Alger.

15 juillet. — Nouvelle attaque sur Zurich. L'ennemi, comme la première fois, se retire sans succès.

Le même jour, la colonne légère de M. le lieutenant-colonel Désandré a un engagement avec eux sur l'Oued-Nessora, dont ils veulent lui disputer le passage.

17 juillet. — 500 hommes du 1er zouaves et 50e de ligne, commandés par le capitaine Teupel, amènent à Zurich un convoi de huit jours de vivres, et, en route, renforcent la petite garnison de la ferme de M. le général Brincourt.

Affaire des Hammam-Soumata.

A son retour à Cherchel, M. le capitaine Teupel se porte au secours de la petite garnison de la ferme Brincourt, attaquée avec obstination par une masse de Kabyles; il parvint à sauver les défenseurs, qui avaient plusieurs tués et blessés, et qui auraient succombé sous le nombre; mais, au retour, accablée par une chaleur atroce, poursuivie avec acharnement par les Kabyles, cette petite colonne perd quarante hommes tués, blessés ou disparus; parmi eux, M. Pradier, sous-lieutenant, mort d'insolation.

Après cette opération, qui exalte l'espoir des révoltés, Cherchel est plus bloqué que jamais.

Le 25, M. le lieutenant-colonel Désandré, du 1er zouaves, avec une colonne de 600 hommes et deux pièces de canon, conduit un nouveau ravitaillement à Zurich.

Les Kabyles ne cessent de harceler la colonne du point dit des Aqueducs jusqu'à Zurich. M. le lieutenant Jude est tué, trois hommes sont blessés.

Au retour, le combat se prolonge jusqu'à l'Oued-Bellah; à ce point, la colonne est assaillie par des bandes kabyles; elle perd vingt-cinq hommes tués ou blessés; dix-sept, sous l'influence de la fatigue et de la chaleur, entrent à l'hôpital. Quelques hommes, et entre autres le sergent-major Alexandre, du 1er zouaves, tombent vivants aux mains des révoltés.

Cette seconde affaire porte à un haut point la surexcitation des Kabyles, et toutes les fermes isolées sont pillées, brûlées et incen-

diées sur la route de Tenès, sur l'Oued-el-Khemis, aux environs de
Novi et Zurich.

Déjà l'exemple des Beni-Menacer avait été suivi par les tribus
voisines. Dès le 17 juillet, une grande réunion avait eu lieu chez les
Beni-Menad, au point nommé Chabt-el-Guetâ (ravin des Coupeurs
de route). Un indigène, arrivé la veille d'Alger, l'avait présidée. Issu
d'une famille célèbre, descendant du fameux Sidi-Embarek des
marabouts de Coleah, compagnon fidèle d'Abd-el-Kader, dont la
mort a jadis fait tant de bruit, Si-Kaddour-ben-Embarek, perdu
de dettes, dans une position difficile à Alger, s'était décidé à se
mettre à la tête de la révolte; son nom vénéré et le rôle joué jadis
par son père lui assuraient un grand crédit sur l'esprit des indigènes. Il fut décidé à cette réunion que l'on imiterait les Beni-
Menacer.

Immédiatement, pour brûler leurs vaisseaux, ils incendièrent la
ferme de M. Gaspart et tuèrent un de ses domestiques, puis incendièrent et pillèrent les trois maisons françaises de Chabt-el-Guetâ;
enfin, ils se portèrent sur l'établissement thermal de l'hôpital
d'Hammam-Righas. Le gardien, M. Castaing, son domestique
Georges, furent assommés par quelques furieux. Tout fut pillé et
dévasté.

Affaire de Vesoul-Benian.

Le 22 juillet, de grand matin, les Beni-Menad, auxquels s'étaient
joints des Beni-Menacer et tous les gens sans aveu des tribus envi-
ronnantes, attaquent le village si florissant de Vesoul-Benian, colonie de Francs-Comtois, qui, à force de travail et d'entente, était
parvenue à rendre ce coin de terre un des plus fertiles de l'Algérie,
et pouvait servir d'exemple à tous nos essais de colonisation. Deux
miliciens surpris par l'attaque sont tués et jetés dans les flammes
des meules de paille.

Toute la défense du village se composait de soixante miliciens,
habitants du village, mal armés, mais pleins d'énergie pour la défense de leurs biens, et de cinquante soldats du 11e provisoire, commandés par le capitaine Duvaux. Le combat s'engage et est difficile
à soutenir. Les révoltés ont mis le feu aux nombreuses meules de
paille qui entourent le village, et une fumée épaisse aveugle les défenseurs. Vesoul-Benian est revêtu d'une chemise en maçonnerie;
c'est malheureusement la seule défense, et il est à regretter que tous
ces villages n'aient pas un réduit et une pièce de canon sur pivot.
Cependant la résistance s'organise. Un courrier a pu se sauver, parvenir à Bou-Medfa, et le commandant de la subdivision de Milianah est informé de l'état désespéré du village. Il y a nécessité d'autant plus urgente à défendre ce village, que si les insurgés le

prennent, ils pourront couper le chemin de fer d'Alger à Oran, et les renforts ne pourront plus circuler sur la voie. Cent cinquante hommes, sous les ordres de M. le capitaine Grade, chef du bureau arabe de Milianah, partent aussitôt par un train express et arrivent à Vesoul à trois heures de l'après-midi. Au moment de leur arrivée, les Beni-Menad occupaient le ravin sur le flanc de la montagne d'Hammam-Righas, en face de Vesoul.

Les miliciens et les soldats, secourus déjà par le dévouement digne d'éloges des caïds des Riras et des Bou-Halouan, accourus aux premiers coups de fusil avec quelques serviteurs fidèles, étaient parvenus à éteindre les incendies des meules. — Dans la soirée, Bou-Alem-ben-Chérifa, bach-agha du Djendel, arrive aussi au secours du village avec 450 cavaliers et un bataillon du 9e provisoire, commandé par M. Mothas, chef de bataillon, qui d'Alger a été expédié aussi par train express au secours des centres européens menacés.

La défense ainsi organisée permit d'attendre le lendemain.

23 *juillet*. — Le lendemain matin, le goum de Bou-Alem-ben-Chérifa fait soutenir par quelques chassepots une reconnaissance dans la vallée d'Hammam-Righas, et repousse l'ennemi jusque dans l'établissement, où les insurgés se retranchent.

24 *juillet*. — L'infanterie, soutenue par le goum, attaque l'établissement d'Hammam-Righas. Malgré une vive fusillade et une résistance énergique, les troupes délogent l'ennemi de ces gros et solides bâtiments. De son côté, le goum mené par M. le capitaine Grade et M. Alata, interprète militaire, suit vigoureusement les Kabyles et les pourchasse dans toutes les directions. La poursuite une fois commencée rejette les Kabyles au delà de la crête qui domine Hammam-Righas. L'ennemi, ayant subi une perte de vingt tués et des blessés, se retire dans ses montagnes.

De notre côté, un officier du 80e, M. Lutz, est blessé; nous avions en outre un homme tué et un blessé.

Ce succès dégagea le chemin de fer et les villages de Bou-Medfa, Granger et Vesoul-Benian; mais comme les troupes ne pouvaient y être maintenues en totalité, la situation resta tendue et inquiétante.

Si nous avions eu réunies et prêtes à agir toutes les troupes de la colonne, nous aurions pu regarder sans crainte la situation; malheureusement les éléments en existaient à peine.

Les Beni-Ferah.

Dans la vallée du Chélif, des symptômes de révolte se produisent aussi. Une grande tribu voisine des Beni-Menacer, jadis son ennemie, est à cheval sur toute la montagne et s'étend de l'embouchure de l'Oued-Mesclmoun dans la mer, jusqu'à la plaine du

Chélif, qu'elle traverse même, puisque le Douï, espèce de coin qui s'enfonce dans les Beni-Zougzoug, lui appartient. Depuis longtemps, elle a pour chef les descendants de Sidi-Ahmed-ben-Youssef, le marabout vénéré dont le tombeau est à Milianah. Si la haine et la rivalité existent entre gens politiques, elles existent aussi entre gens religieux, surtout chez les indigènes et plus que partout ailleurs chez les Kabyles. Le nommé Abd-el-Kader-ben-Moktar, marabout des Beni-Ferah du Sahel, dont les ancêtres ont aussi exercé le commandement, et ont été de tous temps rivaux de la famille de Sidi-Ahmed-ben-Youssef, essaya de se mettre à la tête des gens de désordre, et son influence, dans ce moment où toute autorité avait disparu, suffit, avec les sollicitations des Beni-Menacer, pour mettre en mouvement toute cette grande tribu. On ne devait pas la considérer comme révoltée, puisqu'elle n'avait commis aucun acte hostile; mais la moindre faute de notre part, la moindre excitation venue du dehors auraient suffi pour la faire lever en armes, et cela eût été chose grave. Elle habite un pays aussi difficile que celui des Beni-Menacer; elle a 1,200 ou 1,500 fusils et est maîtresse des abords du village français de Duperré, qui, si la conflagration avait lieu, pouvait être brûlé et détruit. Or, tout doit être sacrifié pour éviter ces dévastations de villages.

Ceux qui ont vu combien dans ce pays d'Afrique toute création exige de sacrifices, de travail, de peines; ceux qui savent combien ces récits d'assassinats, d'incendie et de destruction de villages influent sur l'opinion en France, et dégoûtent de l'émigration en Algérie, combien aussi, ils surexcitent les mauvaises passions et l'espoir des indigènes, savent qu'il faut à tout prix les empêcher; c'est pour ainsi dire une question d'être ou de ne pas être de notre colonie. Duperré était d'autant plus en danger que la partie des tribus du Chélif qui se relient au soff des Beni-Menacer, telles que Beni-Ghomrian, Aribs, etc., étaient prêtes. Il y avait déjà eu des rendez-vous avec les envoyés des Beni-Menacer. Toute la question allait dépendre des Beni-Ferah; Abd-el-Kader-ben-Moktar les excitait à la révolte; heureusement, la famille Sidi-Ahmed-ben-Youssef, représentée surtout par Si-el-Hadj-Mohamed-Bou-Zian et par Si-el-Hadj-Brahim son fils, etc., résistait de tout son pouvoir à cet entraînement et faisait de louables efforts pour retenir la tribu.

Les Beni-Zougzoug, en face, de l'autre côté du Chélif, toujours amoureux du désordre, mais peu en mesure de commencer le mouvement et très-divisés, comme toute tribu qui n'a pas eu une origine unique, attendaient le signal des Beni-Ferah. Parmi eux, les Haraouats se montraient les plus pressés et donnaient quelques inquiétudes.

Différente des autres insurrections, celle-ci, heureusement, n'avait pas de chef réel. Si-Kaddour-ben-Embarek était fort décrié et n'osa pas non plus en prendre ouvertement le rôle.

D'un autre côté, tout ce qui dans le peuple indigène possédait quelque chose était désireux de tranquillité, d'ordre; il n'y avait à vouloir la lutte que les gens sans aveu : aussi la situation, toute tendue qu'elle était, fut-elle maintenue.

Si-Sliman-ben-Siam.

Parmi ceux qui s'employèrent avec le plus de poids, grâce à l'influence acquise depuis longtemps par sa famille, grâce aussi à son intelligence, à son savoir-faire, à sa profonde connaissance de tous et aux services qu'en tout temps il a rendus aux pauvres du pays par son inépuisable charité, nous devons citer, et tout le monde le reconnaîtrait, sans que son nom fut prononcé : Si-Sliman-ben-Siam. Accouru à Alger au premier moment de ce soulèvement, il eut le mérite d'y faire entendre de sages conseils; mais pour suivre de bons conseils, il faut déjà que ceux auxquels ils s'adressent aient une certaine connaissance des gens et des choses, qui leur permette de reconnaître le bon du mauvais, le vrai du faux, et cette connaissance, malheureusement, n'existait point alors dans les conseils de la colonie.

Le moment était proche, du reste, où les conseils ne peuvent plus suffire et où la force reste seule, comme raison. Revenu à Milianah, où heureusement commandait un de nos camarades, M. le lieutenant-colonel Sermensan, aussi modeste qu'intelligent, qui eut en ce moment la haute sagesse de lui prêter l'appui de son autorité, sans laisser son amour-propre errer à la suite de tous les donneurs de conseils, Si-Sliman servit de centre, de point d'appui à tout ce qui voulait la paix; et il sut organiser partout des moyens de résistance à la révolte, moyens indigènes dont on a l'habitude de ne pas faire grand cas, mais qui sont efficaces.

C'est ainsi qu'il appela à Milianah le frère de l'ancien agha Si-el-Habib, des Braz, nommé Si-el-Hadj-Djelloul-ben-Abd-el-Selem, et qu'il détermina ce marabout respecté et influent, qui a des adeptes aux Beni-Menacer même, et dont presque tous les Kabyles des bords du Meselmoun sont serviteurs, à leur défendre de se mêler au mouvement; qu'en outre, plus tard, il lui fit prendre les armes avec une partie de ses serviteurs pour défendre la vallée du Chélif. Nous le verrons ensuite, quand la colonne expéditionnaire pénétrera au cœur du pays, y entrer aussi en armes, y faire des prises sur l'ennemi, poursuivre les plus compromis, nous les livrer.

Son premier acte fut d'amener à Milianah, Abd-el-Kader-ben-

Moktar, rival des Ouled-Khelladi, et dont nous avons déjà parlé aux Beni-Ferah, comme principal instigateur du mouvement. Si-Sliman n'osa pas le faire arrêter, mais il le renvoya plein d'hésitation; et plus tard, Si-el-Hadj-Djelloul-ben-Abd-el-Selem eut encor cassez d'influence pour le décider à venir au-devant de la colonne à l'Oued-el-Beda. A ce moment-là, nous ne le relâchâmes plus; il fit avec nous toute l'expédition, gardé à vue, sans être littéralement prisonnier. Sa présence au milieu de nous, empêcha ses partisans d'agir au moment opportun; ce furent autant de fusils de moins contre nous au jour du combat, et ce furent la division et l'inquiétude parmi eux.

Si-Sliman arrêta aussi Moussa-ben-Tsoumi, prêt à se mêler à l'insurrection, et le décida par son influence à rester soumis. Les tribus des Braz-Kabyles suivirent naturellement leur chef, qui, au lieu d'être contre nous, nous accompagna et nous rendit service par sa connaissance du pays.

Il mit aussi de notre bord le chef naturel des Righas, Si-el-Mouloud, en exploitant fort adroitement l'antique rivalité des deux tribus.

Aux Bou-Halouan, aux Beni-Menad, aux Beni-Zougzoug, partout nous retrouvons son influence. Pour tous ces services rendus, Si-Sliman a été récompensé par l'estime et l'affection de tous ceux qui ont la compréhension des événements; quant aux autres, leur attention n'a même pas été attirée, suivant l'habitude; ils ne s'en sont pas rendu compte : cela eût exigé un certain travail qui les aurait dérangés de leur vie ordinaire. Ils ont bien entendu dire qu'il avait rendu service, mais cela n'est pas chiffré; personne n'a dit combien de Kabyles, sous son influence pacifique, n'avaient pas pris les armes. S'en rendre compte serait pourtant chose facile : une simple statistique religieuse de ces tribus suffirait. Dans ce pays-là où tout est immuable, et que nous n'avons pas encore, malgré tout ce que nous avons fait, pu révolutionner, chaque descendant de marabout a ses adeptes, ses affidés. Ils marchent avec lui et pas avec d'autres. Il ne s'agit pas là de savoir, d'intelligence, d'influence personnelle, il s'agit d'habitudes. Chez les Kabyles, le marabout et la zouïa seuls commandent. Pour en donner une idée, il nous suffira de dire que les Beni-Zioui sont des descendants des Ouled-Sidi-Chickh (des enfants de Sidi-Chickh), le marabout du sud de Géryville. Tous les ans, même depuis la révolte de 1864, la zouïa des Beni-Zioui fait la petite quête, la ziara pour la famille de Sidi-Chickh, qui est au sud du Maroc en guerre avec nous depuis huit ans, et la ziara arrive à la famille de Sidi-Chickh. Je ne dis pas qu'il n'en reste pas un peu aux doigts de ceux qui font la quête, mais enfin on donne et on envoie. Oh! cela ne nous plaît pas à nous voltairiens, qui avons presque aboli Dieu; mais que cela nous plaise ou non, cela est, et il faudra encore du temps pour qu'il en soit autrement. Celui donc qui a empêché tous ces marabouts de suivre le mouvement, et les a conservés avec nous, nous a rendu un service qui a sa valeur et mérite de la reconnaissance. Nous ignorons s'il en a reçu quelque témoignage. Il doit toujours en être récompensé par la conscience d'avoir évité de grands malheurs à ses compatriotes.

Bou-Alem-ben-Cherifa.

La tribu du Djendel domine toute la vallée du Chélif. Elle est commandée par le vieux Bou-Alem-ben-Cherifa; à sa suite, elle s'est partout battue pour nous et ne pouvait en cette occasion être au-dessous de la renommée de son chef. Ce vieillard vigoureux, dur comme le fer, fier et droit malgré ses soixante ans, à la physionomie pleine d'énergie, nous répondit de la tranquillité du haut de la vallée. A cheval à la tête de sa nombreuse et forte famille, unie sous sa main de fer, il fut une menace constante pour les Soumata et les Beni-Menad. Il eût été facile de l'employer plus activement; il ne demandait pas mieux que de jouer un rôle plus énergique, et, s'il se borna à un rôle d'observation, il ne cessa pas d'être utile, en garantissant de toute attaque les villages de Bou-Medfa, de Granger, etc.

Un troisième, enfin, joua un rôle relativement important. Ce fut El-Hadj-Mohamed-ben-Bou-Zian, chef de la famille des Ouled-el-Khelladi des Beni-Ferah. C'est, en grande partie, à son énergie, à son influence que nous devons la neutralité de cette tribu. Je n'entends pas dire qu'aucun individu de la tribu ne fît acte d'hostilité: je sais mieux que personne qu'il y eut des Beni-Ferah qui prirent part au combat, mais ce furent des actes personnels. La tribu, en réalité, d'abord très-surexcitée, finit par se calmer et ne se mêla pas de la révolte.

Quant à ceux qui diraient : « Qu'importe tout ce travail? Notre puissance, nos moyens perfectionnés ne suffisent-ils pas pour avoir, quelque nombreux qu'ils soient, raison de gens auxquels toute science fait défaut? Qu'importe qu'ils soient un peu plus, un peu moins nombreux? » Je répondrais d'abord: qu'à cette époque notre puissance était nulle, puisque nous n'avions plus d'armée; qu'à Alger il y avait eu à peine de quoi défendre Cherchel, et que, pendant trois ou quatre jours, on n'eut personne à envoyer à Marengo.

Ceux qui parlent ainsi savent, du reste, parfaitement la fausseté de ce qu'ils disent. Quelques milliers de fusils de plus ou de moins dans les gorges des Beni-Menacer, par les chaleurs tropicales du mois d'août, ne sont pas peu de chose. C'est bien peu, il est vrai, pour celui qui tous les soirs fait sa petite promenade sur la place du Gouvernement, en rêvant que les traîneurs de sabre lui font enfin place par un départ longtemps souhaité. C'est souvent par devoir envers lui-même qu'il parle ainsi, car la place ne sera prête pour lui que lorsqu'il aura persuadé à tous que l'ennemi non-seulement n'est pas dangereux, mais même n'existe plus. Malheureusement, en dépit de ses rêves, l'ennemi est là, et toujours l'imprévoyance est punie et le développement de la colonie est arrêté par une révolte. Mais que lui importe à lui, bavard ou chercheur de place : il n'a rien à craindre, rien à perdre; il veut une bonne position, et le lendemain il recommencera ses discours insensés jusqu'à ce qu'il l'ait obtenue.

Tous ces pourparlers firent gagner jusqu'aux derniers jours du mois de juillet. A ce moment, à force de peines, on parvint à réunir quelques troupes. On fit sonner bien haut leur arrivée, on les campa d'une façon fort apparente sur les flancs du Zakkar et on annonça le départ prochain. Cela conduisit aux premiers jours d'août, et nous aida à obtenir des tribus du Chélif les bêtes de somme indispensables pour nous mouvoir.

IV

TROUPES DE LA COLONNE.

Pendant que ces bêtes de somme se rassemblaient, le reste des troupes destinées à faire partie de l'expédition arrivait enfin, et, heureusement, elles étaient bien composées; car elles allaient être soumises à des marches pénibles, à des privations nombreuses, à des chaleurs tropicales dans un pays des plus difficiles, où l'eau fait presque partout défaut. En outre, elles avaient devant elles un ennemi à la tête dure comme les pierres de ses montagnes, qui ne devait pas céder sans avoir énergiquement combattu.

Trois éléments dominaient dans la colonne expéditionnaire, et rivalisèrent de courage et de bonne volonté.

Vieux légionnaires endurcis aux guerres d'Afrique, au corps séché par la fatigue, noirci par le soleil, connaissant toutes les finesses de cette guerre, adroits, infatigables, durs et roides. On peut compter sur eux; où ils sont, tout va bien; l'Arabe est leur vieil ennemi; entre eux et lui, il n'y a ni merci ni pardon. Il n'y a pas de montagnes qu'ils ne puissent gravir, pas d'arrière-garde qui leur fasse perdre leur calme. Ils font la guerre sérieusement, en gens qui doivent tuer et ne point être tués.

Leurs rivaux, les zouaves d'Oran, leurs compagnons, leurs camarades de tout temps. Ce sont de vieux amis qui ne s'abordent que le sourire ou la plaisanterie à la bouche; l'éternel cri de ce canard qui depuis bien longtemps excite leur gaieté, se fait toujours entendre toutes les fois que les deux troupes se rencontrent ou que dans les interminables lacets de ces montées qui serpentent, une troupe domine l'autre. Il est vrai que les vieux amis n'y sont plus; ils sont tous partis pour Frœschwiller ou Sedan; mais s'ils n'y sont plus, l'esprit est resté, les cadres l'ont semé dans un riche milieu qui a vite produit. Ce régiment se compose aujourd'hui de jeunes Alsaciens qui ont fui la Prusse, et ils sont déjà mûris par une campagne de plusieurs mois. Cette jeunesse malheureuse, qui voit son cher pays entre les mains de l'ennemi : semble vouloir rappeler à la France, à force de courage et de discipline, que l'Alsace ne doit pas être abandonnée.

Les autres sont des soldats qui ont vu la grande guerre. Ils arrivent d'Allemagne, où ils étaient prisonniers. Ce sont des troupes de ligne, moins rompues à la guerre d'Afrique; mais après les rudes journées auxquelles elles ont assisté naguère, les combats de ce pays ne sont pas de nature à les émotionner : comme on dit vulgairement, elles en ont bien vu d'autres. La transition est dure, passer de l'Allemagne du Nord, d'un froid terrible à ces chaleurs tropicales; mais qu'importe, le pays a besoin d'eux et chacun est à sa place, discipliné, soumis et désireux de bien faire : pressé même d'être aux prises avec ce nouvel ennemi et de venger sur lui les atrocités qu'il a commises dans tous nos villages.

V

PAYS DES BENI-MENACER.

Du bord de la mer au Chélif, de Cherchel à Milianah à vol d'oiseau, il y a environ cinquante-cinq kilomètres, dans la direction perpendiculaire; des Beni-Ferah aux Beni-Menad ou aux Riras, de quarante à quarante-cinq kilomètres. Cet espace appartient entièrement à la tribu des Beni-Menacer. Trois chaînes de montagnes, à peu près parallèles à la côte, couvrent tout le territoire. Les sommets les plus élevés ne dépassent pas mille mètres. La ligne de partage sépare les eaux du bassin du Chélif de celles qui coulent à la mer. On peut dire qu'elle est double, car elle est profondément échancrée, et, quoique provenant du même soulèvement, forme deux crêtes parfaitement distinctes courant à peu près parallèlement. Celle du sud est composée des deux Zakkars, celui de l'ouest, celui de l'est. Milianah est assise sur le versant sud de ce dernier. Il a neuf cent quatre-vingts mètres d'élévation, et son sommet domine la Mitidja; — entre les deux Zakkars, un col très-praticable nommé le col des Riras[1].

---

[1] Voir le croquis, p. 21.

Au nord, la vraie ligne de partage des eaux court parallèlement de Guer-ou-Drah à l'Anacer, et se continue par l'énorme massif du Bou-Mad. Les eaux qui y prennent leur source coulent : celles du sud ou du sud-ouest, telles que l'Oued-el-Had, Oued-Zeboud, Oued-el-Beda, Oued-Bel-Hacen, Oued-Krislhiou, vers le Chélif ; celles du nord et du nord-ouest, vers la mer, par Neselmoun ; celles de l'est, vers la mer, par l'Oued-el-Khemis et ses affluents, dont le principal est la Zaouia, et celles du sud-est, vers le Chélif, telles que Boutan, l'Oued-Souffaye, l'Oued-Hammam-Righas, etc.

Le nœud de toutes ces montagnes hérissées de pics aigus, profondément enchevêtrées, tourmentées comme tous les soulèvements de l'Algérie, est le Bou-Mad. Les eaux, pour se frayer un passage, ont dû rompre la troisième chaîne et la traverser pour arriver à la mer. Cette troisième chaîne, moins élevée que les autres, est aussi d'un relief moindre. Le terrain qu'elle couvre ayant été le champ d'opérations de la colonne de Cherchel et n'ayant été traversé qu'incidemment par la colonne de Milianah, nous ne la décrirons pas plus complètement. Le pays, quoique plus découvert, est cependant encore un fourré épais de bois de diverses essences entremêlés de pins maritimes et de chênes à glands doux, petits, serrés, aux branches inflexibles, qui opposent à la marche un obstacle invincible. Plus haut, on trouve le chêne-liége. Les habitants de la partie montagneuse tirent leurs principales ressources des troupeaux et des chênes à glands doux ; la vigne n'y est pas cultivée, mais il est certain qu'elle y viendrait très-bien. Le figuier croît en quantité sur les pentes les plus escarpées. Les habitations répandues sur le territoire sont pour la plupart en terre et en branchages ; quelques-unes cependant sont construites en pierre et en pisé ; la toiture est généralement en diss et quelquefois en tuiles.

Voies de communication. — Trois routes s'offraient à nous pour pénétrer dans les Beni-Menacer [1].

1° A l'est, celle de Thizi-Franco, qui passe entre les deux Zakkars par le col des Riras, et, de là, évitant le Bou-Mad, appuie vers l'est, descend sur l'Oued-el-Khemis, passe à Zurich, où elle rejoint la grande route de Marengo à Cherchel ; elle conduit à la limite est des Beni-Menacer, sur les confins du territoire des Beni-Menad. Cette route, depuis longtemps tracée et travaillée tous les ans au moyen des prestations indigènes, présente de grandes facilités pour la marche ; mais sur tout son parcours jusqu'à sa descente sur l'Oued-el-Khemis, elle suit constamment le flanc de montagnes boisées, qui la dominent à pic. Si une colonne était attaquée dans ces

---

[1] Voir le croquis, p. 23.

affreux défilés, le passage serait difficile à forcer, et il faudrait avoir
constamment aux crêtes des troupes qui n'y rencontreraient aucune
voie praticable. On ne trouve de l'eau qu'à Thizi-Franco et en quantité insuffisante.

De plus, lors même que nous arriverions à l'Oued-el-Khemis, la
résistance ne serait pas vaincue ; et, pour en avoir raison, il faudrait
remonter les crêtes de la Zaouia et du Bou-Mad. La solution du pro-
blème n'aurait pas fait un pas. Nous y aurions gagné, il est vrai,
de faire tomber la résistance des Beni-Menad, mais les Beni-Menad ne sont que des comparses, et leur résistance cessera quand
nous serons à la crête des montagnes des Beni-Menacer, aussi complétement que quand nous serons sur l'Ouel-el-Khemis.

Cette route est donc à rejeter, la condition essentielle étant de
nous conduire au sommet de la seconde crête, car c'est là que la résistance est organisée. C'est là notre objectif.

2° La route des Beni-Ferah. On est de prime abord tenté de la
prendre ; c'est une bonne route, large, l'eau y est abondante et les
lieux de campement nombreux ; et, en outre, elle s'élève suffisam-
ment sur les crêtes ; malheureusement elle mène dans l'est, non
dans le pays des Beni-Menacer, mais dans celui des Beni-Ferah.
Or, le nœud de la question n'est pas chez les Beni-Ferah. Nous
ne voulons pas les attaquer, mais bien attaquer les Beni-Menacer.
Nous espérons qu'en triomphant de ces derniers, nous obtiendrons
que les Beni-Ferah ne se mêlent pas de la révolte. Nous aurons, si
nous réussissons, épargné bien des ruines et du sang. Si nous en-
trons immédiatement chez eux, les Beni-Ferah croiront que nous
les considérons comme révoltés, et, de là à la révolte, il n'y a qu'un
pas. Nous les châtierons par les armes, si nous y sommes forcés,
mais nous aimons mieux n'en venir là qu'à la dernière extrémité.
Les Beni-Menacer ont donné le signal de la révolte, ont commis les
premiers actes d'hostilité ; il faut que la punition les atteigne les
premiers ; s'ils cèdent, les autres céderont plus facilement, et tant
qu'ils resteront en armes, les autres auront un point d'appui.

Nous sommes donc appelés à étudier la troisième route et à dési-
rer qu'elle puisse atteindre notre but.

3° Celle-là s'élève de l'Oue-del-Beda par Guer-ou-Drah jusqu'à El-
Anacer : là, la ligne de faîte se prolonge jusqu'à l'est du Bou-Mad,
crêtes les plus élevées du pays des Beni-Menacer. Elle est difficile,
montueuse, étroite ; elle sera pénible à gravir, et nos bêtes de somme
auront beaucoup de peine à parvenir au sommet. Dans beaucoup
d'endroits, elles ne sauront où mettre le pied, et il faudra, tout en
montant sous le feu de l'ennemi, exécuter de gros travaux de pelles
et de pioches, pour rendre le passage possible. Mais si nous arrivons en haut, et nous devons le pouvoir en marchant sagement, en

assurant chacun de nos pas, nous serons maîtres du pays, et la résistance sera vaincue d'un seul coup. C'est là, aux sources de El-Anacer que les Beni-Menacer préparent leur résistance, et ils crient bien haut que si les troupes de la colonne expéditionnaire veulent y parvenir, ils les jetteront dans les ravins. C'est une provocation; il faut accepter le défi, mais il est indispensable d'y manœuvrer serré et d'y être vigoureux; le moindre insuccès réunirait tout le pays dans un même effort et mettrait sur nos derrières les Beni-Menacer de Milianah, que leur caïd Ben-el-Hadj-Bou-Zian a beaucoup de peine à maintenir, et dont une partie, les Beni-bou-Amran, sont déjà dans l'insurrection.

Avec des troupes trop jeunes, il y aurait lieu de réfléchir; mais, avec les vieux légionnaires, le 2e zouaves, le 11e provisoire, les 80e et 81e de marche, presque tous vieux soldats, on doit réussir si on les conduit bien.

Le plan, ainsi présenté au général commandant la division d'Alger, qui débarquait de France à cette époque, fut approuvé par lui.

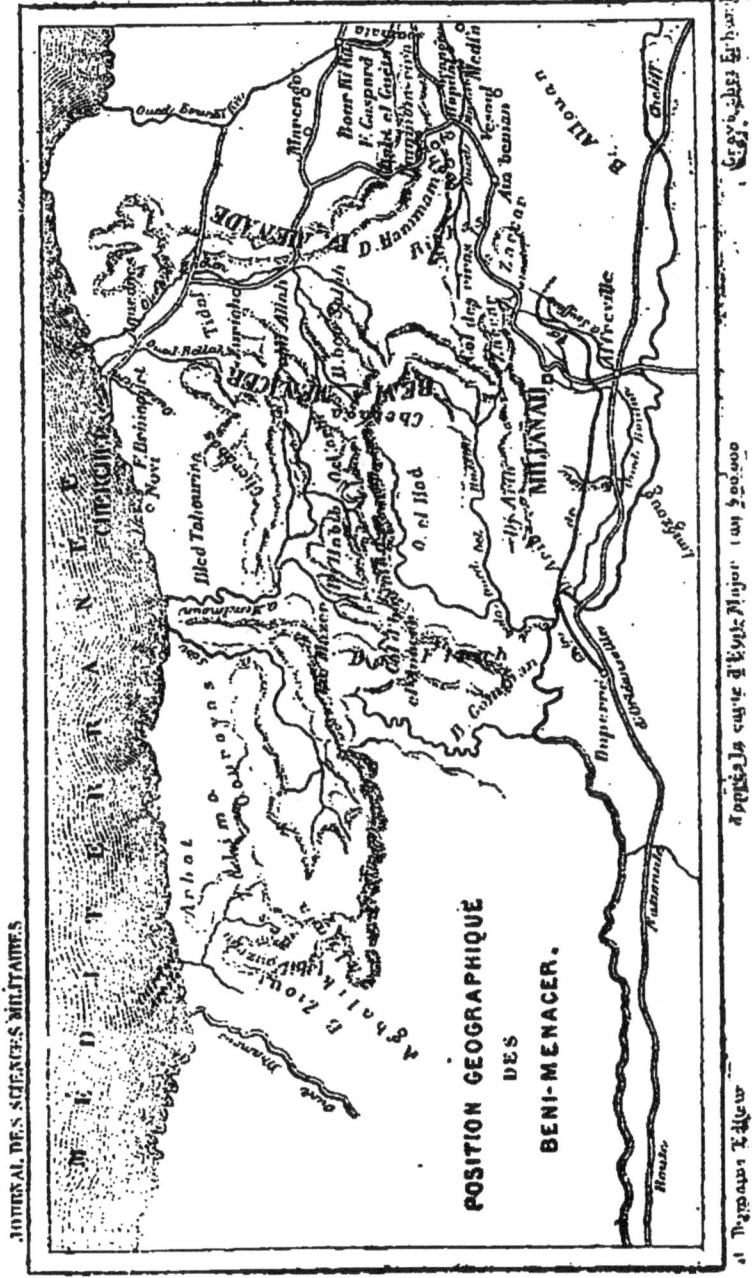

POSITION GÉOGRAPHIQUE

DES

BENI-MENACER.

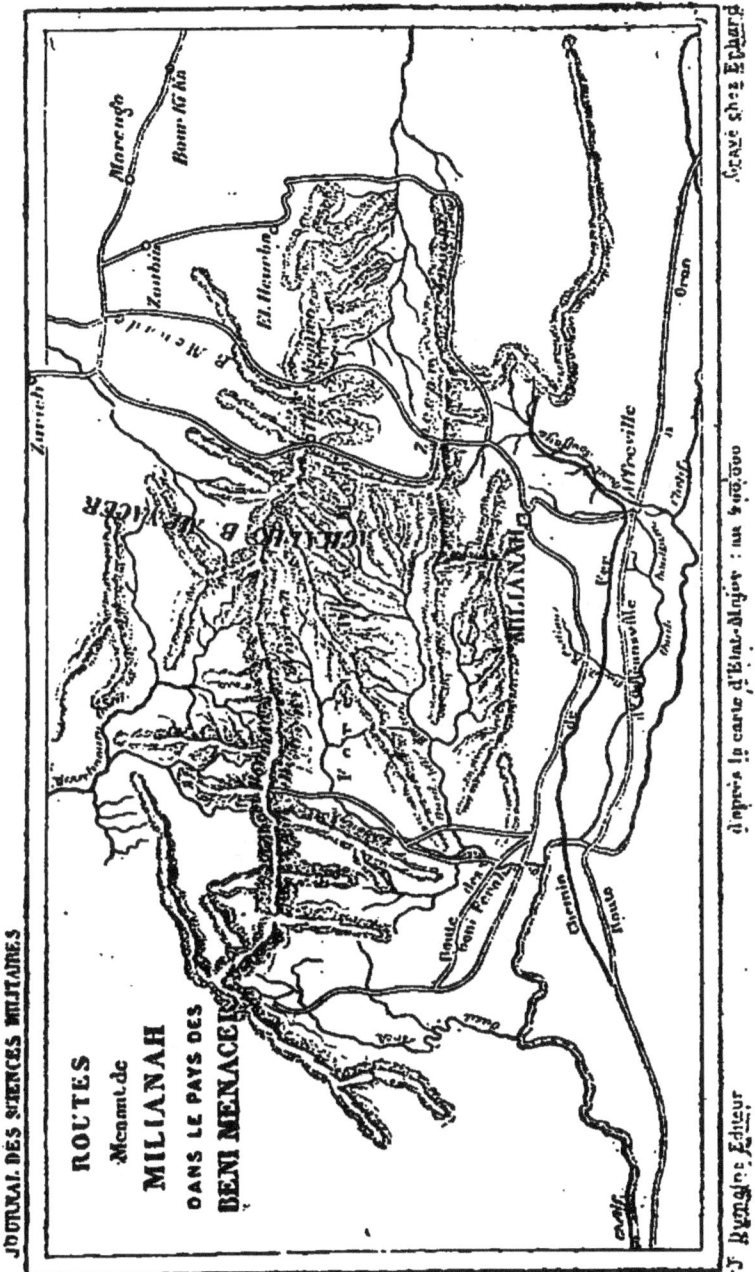

ROUTES
Menant de
MILIANAH
DANS LE PAYS DES
BENI MENACER

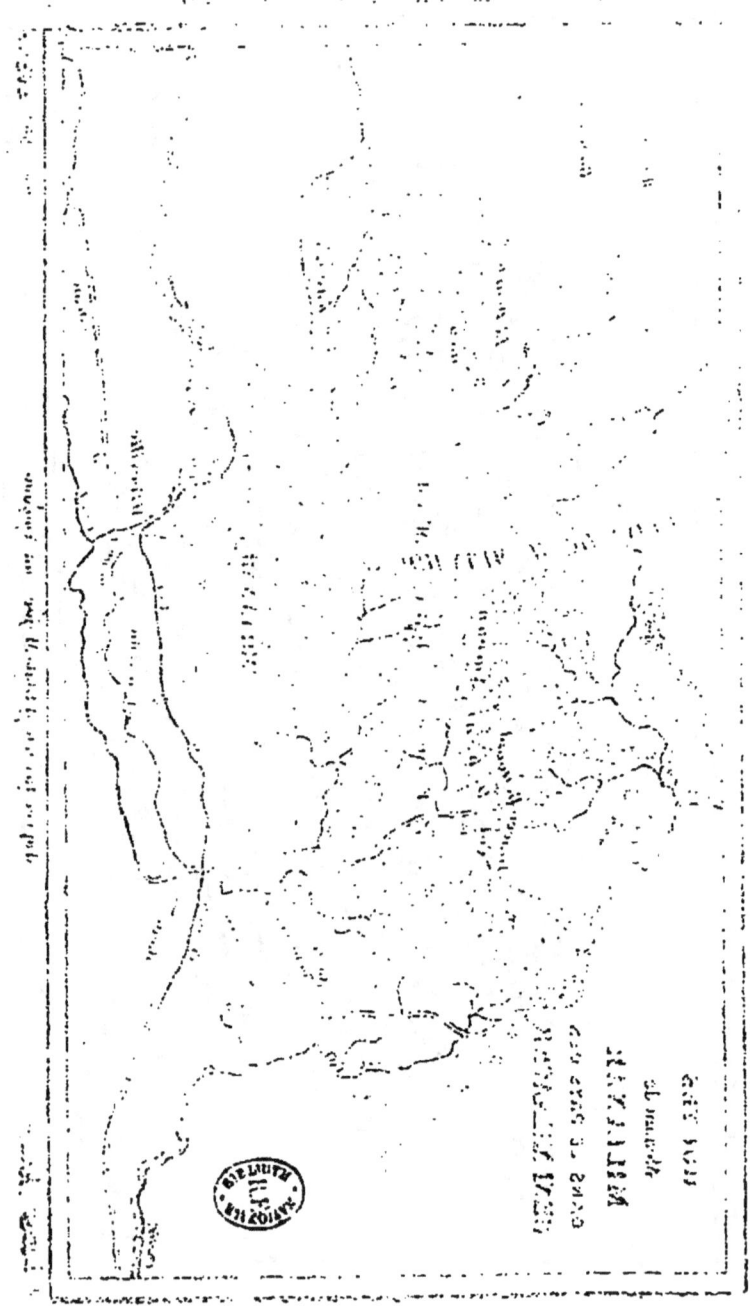

VI

OPÉRATIONS DE LA COLONNE EXPÉDITIONNAIRE.

2 août 1871. — La colonne expéditionnaire se met en route [1], le 2 août, à deux heures de l'après-midi, au milieu d'une affluence considérable de la population de Milianah et des villages environnants. Dans ses inquiétudes, chacun avait hâté de ses vœux le départ de ces troupes, et au dernier moment venait leur souhaiter prompt succès et se réjouir, après avoir longtemps désiré leur présence, de la vue de défenseurs assurant la sécurité de tous. La colonne défile en deux parties, qui doivent se réunir au débouché de l'Oued-Khristiou, dans la plaine.

La cavalerie, le convoi arabe, deux compagnies d'infanterie descendent directement dans la plaine par la traverse de la Tuilerie. L'infanterie et l'artillerie, couvrant le convoi sur son flanc droit, suivent la traverse dite du Télégraphe. C'est un chemin assez difficile où les côtes sont déjà roides et peuvent donner un avant-goût de celles que nous aurons à grimper quelques jours après.

Quelques-unes des troupes étant nouvellement débarquées en Algérie, et neuves dans la guerre d'Afrique, le commandant de la colonne, désireux de les prémunir contre certaines difficultés de cette guerre, où l'imprévoyance est toujours punie, — témoin le terrible accident arrivé le 11 mai 1851 à trois compagnies d'élite du 10ᵉ de ligne, — fit le soir dicter aux corps des recommandations dont l'utilité ne tarda pas à être démontrée.

« La nuit, il est interdit aux hommes, sous quelque prétexte que
« ce soit, de sortir de leurs tentes pour se jeter sur les faisceaux et
« prendre les armes. S'il y a quelques coups de fusil, cela regarde
« les grand'gardes; et chaque homme doit rester sous sa tente. Les
« officiers doivent seuls sortir pour se rendre compte du danger.
« Dans le cas assez rare où il présenterait certaine apparence de
« gravité, les officiers font alors sortir les hommes ; chacun prend
« son arme et doit se coucher à terre. La plus grande surveillance
« doit être exercée, pour qu'aucune arme ne soit chargée, sans cela
« il y aurait danger pour les grand'gardes. C'est à la baïonnette
« qu'on doit recevoir l'ennemi, dont on n'a rien à craindre tant que
« le silence et l'absence de tir ne lui permettent pas de savoir au
« juste la position occupée.

---

[1] Voir le croquis, p. 51.

« Avec un fusil à chargement aussi rapide que le nôtre, il ne doit
« jamais y avoir d'armes chargées; on doit, à leur rentrée, faire dé-
« charger celles des sentinelles avancées ; c'est le seul moyen d'éviter
« des accidents.

« Pour camper, la première face est invariablement dans la direc-
« tion à prendre le lendemain. La droite est toujours indiquée par
« le fanion du commandant de la colonne.

« La colonne et le convoi seront toujours flanqués en tiroir : c'est-
« à-dire que sur les flancs où l'on craint l'ennemi, une section ou
« une demi-section de l'avant-garde choisit une position dominante,
« et y reste jusqu'à ce que l'arrière-garde soit arrivée à sa hauteur.
« Quand, par suite de cette manière de flanquer, trop de compagnies
« sont passées à l'arrière-garde, on profite d'une halte pour les rem-
« placer successivement à l'avant-garde. De cette façon, les hommes
« fatiguent moins et on est toujours sûr d'être bien flanqué.

« Pour tenir solidement et facilement une position, il doit toujours
« y avoir au sommet quelques hommes bien visibles, bien appa-
« rents : quatre ou cinq au plus, de façon que toutes les troupes
« voient que la position est gardée, mais on ne doit jamais y mettre
« une section en tas, afin de ne pas présenter un but trop facile à
« atteindre. Le reste des hommes doit être éparpillé en tirailleurs
« plus ou moins loin en avant, et être bien cachés et bien voir, de
« façon que leur feu surprenne l'ennemi qui voudrait attaquer.
« De cette manière la position est bien tenue et il n'y a pas de pertes
« à craindre.

« Éviter les *tiraillées*, les feux croisés seuls sont utiles ; lorsque
« l'on veut déloger les Kabyles dont les feux sont gênants, il faut se
« diviser en deux ou trois petits groupes séparés, s'éloigner assez
« pour que les feux se croisent sur les positions occupées, et alors
« faire des feux de salve. Cela est d'une réussite certaine.

« Engager les hommes à ne se séparer sous aucun prétexte de la
« colonne, leur dire qu'ici l'ennemi est partout et que celui qui
« s'arrête ou s'écarte est un homme perdu : il est assassiné.

« Recommander soigneusement de ménager l'eau des petits bi-
« dons ; les sources sont très-rares à l'époque où nous sommes
« (mois d'août) et il est indispensable de la garder, pour le moment
« où il est tout à fait impossible de s'en passer. Obtenir des hommes
« que lorsqu'on marche dans le lit d'une rivière, ils s'abstiennent
« de boire à chaque pas : c'est là, avec le froid des nuits, la cause
« de toutes les maladies et surtout de ces débilitations extrêmes de
« l'estomac, qui sont si souvent mortelles en Algérie. Mais il faut
« obtenir qu'ils ne boivent que modérément, par la persuasion, la
« soif étant de tous les besoins le plus terrible ; et la contrainte
« amenant toujours des actes d'indiscipline graves. »

3 *août*, — De l'Oued-el-Khristiou à l'Oued-el-Bedah, 14 kilomètres. Départ à quatre heures du matin, arrivée à onze heures. La route longe le pied des montagnes qui forment la vallée du Chélif, rive droite, puis tourne à droite, descend sur l'Oued-el-Bedah, auprès de la demeure du caïd des Beni-Ferah, Si-Caddour-ben-el-Hadj, où la colonne campe. Eau fraîche et excellente.

A l'Oued-el-Bedah nous étions chez les Beni-Ferah. Duperré, à moins que nous ne soyons battus et rejetés hors de la montagne, était sauvé. Nous avions en face de nous les pentes à gravir le lendemain pour arriver à Guer-ou-Drah.

La question des Beni-Ferah fut tranchée le jour même.

Une grande quantité de ces Kabyles vinrent au camp compter nos soldats (on leur disait tous les jours qu'il n'en restait plus, qu'ils étaient tous morts dans la guerre contre les Prussiens). Ils se présentèrent avec hésitation, amenés par El-Hadj-Mohamed-bou-Zian, Si-Kaddour, Si-Abdelkader, et par El-Hadj-Brahim, fils d'El-Hadj-Mohamed-bou-Zian, le plus intelligent et le plus actif de toute la famille des Khelladi. Il souffrait affreusement d'une entorse; quoique sa jambe fût très-enflée et très-douloureuse, il ne voulut point consentir à rester chez lui et accompagna la colonne tout le temps qu'elle dura.

La première parole fut une question relative à la route que nous comptions suivre. Ils nous avaient comptés, et désiraient éviter la lutte; mais on sentait qu'ils étaient engagés d'amour-propre, vis-à-vis des autres tribus, à ne point laisser fouler leur territoire sans combat. Le colonel était fixé sur la valeur de la question par les conversations qu'il avait eues à ce sujet avec les chefs indigènes dont nous avons donné les noms plus haut; aussi leur répondit-il très-nettement : « Je n'ai rien à faire aux Beni-Ferah, pourquoi « voudriez-vous que j'y passe? Ce sont les Beni-Menacer qui ont « voulu la guerre et se sont déclarés ennemis. Nous sommes forts et « puissants; mais, vous le savez, nous ne recherchons jamais la « guerre; nous frappons fort ceux qui se soulèvent, et nous laissons « en paix ceux qui le désirent. Les Beni-Ferah n'ont commis aucun « acte d'hostilité; nous ne nous occupons pas d'eux. »

Au fur et à mesure que ces phrases étaient prononcées, les figures s'épanouissaient, les attitudes changeaient, chacun affirmait à l'envi son innocence; peu à peu la conversation s'anima, les confidences vinrent d'autant plus complètes que l'on se sentait plus coupable, et enfin les offres de service. Le colonel leur dit alors : « Puisque vous êtes aussi bien disposés et que vous comprenez aussi « bien la faute des Beni-Menacer, je ne vous demanderai pas grand'- « chose, car je n'ai pas besoin de votre aide; je suis assez fort tout « seul, mais vous devez interdire l'accès de votre pays aux Beni-

« Menacer et les empêcher d'y entrer quand ils se sauveront du leur,
« après que je les aurai battus. »

Les Beni-Ferah le promirent. Évidemment, la plupart d'entre eux
ne croyaient pas s'engager beaucoup et espéraient bien que nous
serions battus ; il n'en est pas moins vrai qu'ils se réunirent en armes
sur les sommets de leurs montagnes, en face de ceux des Beni-
Menacer. Là, ils attendirent, décidés, sans doute, dira-t-on, à se
mêler à la lutte si la victoire était douteuse ; nous y gagnâmes
néanmoins de ne pas les avoir contre nous au moment du combat,
et d'avoir le temps de battre les Beni-Menacer isolés. De plus, quand
ceux-ci furent battus, ils se virent obligés d'exécuter leur promesse
et firent du mal à ces derniers, qui les accusèrent de trahison. En
outre, leur réunion en armes et leur attitude douteuse à cet endroit
empêchèrent les contingents des tribus de l'Ouest de se joindre aux
Beni-Menacer.

Le soir nous eûmes la joie de voir arriver au camp Abdelkader
ben-Moktar, ce chef des Béni-Ferah du nord, rival de la famille El-
Khelladi. Ce fut Si-El-Hadj-Djelloul-ben-Abdelselem qui nous
l'amena, et ce fut un grand service qu'il nous rendit. Comme nous
l'avons dit plus haut, il fut gardé à vue et nous accompagna tout le
temps de l'expédition.

Du reste, toute la vallée du Chélif et les montagnards des environs
furent représentés à notre camp. Chacun vint s'assurer que cette
colonne tant annoncée existait bien, voir quels étaient ses chefs, et
de quelles troupes elle se composait. De tous ceux dont l'arrivée
nous fit le plus de plaisir, nous devons citer Ben-El-Hadj-Bouzian,
caïd des Beni-Menacer de Milianah, dont le pays couvre le versant
sud de la montagne. La population pauvre, qui habite ces versants
excessivement roides, a des intérêts dans la plaine, nombre de fermes,
des habitations. Les champs cultivables de la vallée du Chélif lui
appartiennent, et c'est naturellement un intérêt majeur par lequel
elle est saisissable. D'un autre côté, la zaouïa des Zouaouas, qui a
une antique influence rivale des zaouïas de la montagne, et la présence de Ben-El-Hadj au milieu de nous, nous assuraient en pays
ennemi des relations, des guides du pays même, sans lesquels quelque connaissance que l'on ait de ces montagnes, on ne peut sans
danger y engager des troupes ; enfin, elles nous donnaient des
moyens de correspondance avec Milianah.

Parmi les hommes qui étaient avec lui, il y en avait un surtout
dont la venue nous était fort agréable et que nous comptions employer en première ligne. C'était Si-Lesreg, personnage célèbre par
le courage et l'intrépidité qu'il a montrés dans les guerres qui ont
amené la soumission des Beni-Menacer. L'agha Abd-el-Kader-ben-
Omar, qui est son allié, doit en grande partie sa position à la vigueur

de Si-Lesreg, surnommé le *Lion de la montagne*. Il a longtemps fait
la guerre dans ces montagnes ; tous les sentiers, tous les chemins lui
sont connus ; de plus, c'est un homme droit, sage, sans ambition et
se contentant de peu. Malgré les services qu'il nous a rendus, il est
resté pauvre. Il est à la tête du parti religieux des Beni-Menacer de
Milianah, et membre influent de la zaouia des Zouaouas. Sa présence
au milieu de nous était une bonne fortune et nous ne manquâmes
pas d'en tirer tout le parti possible.

Le jour même de son arrivée, sa bonne volonté fut mise à contri-
bution. Le colonel l'envoya le même soir nous précéder avec ses parents et ses serviteurs à Guer-ou-Drah, notre étape du lendemain. Nous
savions que l'eau y était rare, insuffisante, et l'ordre lui fut donné d'y
construire des réservoirs au-dessous des fontaines pour recueillir les
eaux qui se perdent dans les ravins. En les emmagasinant 24 heures
à l'avance, nous pouvions espérer en réunir en quantité suffisante
pour faire boire au moins quelques gorgées à nos bêtes de somme.
Il était de nécessité absolue de faire une halte à Guer-ou-Drah,
avant d'escalader les pentes abruptes et boisées d'El-Anacer, sur lesquelles il nous faudrait évidemment livrer un combat avant d'arriver au sommet [1].

Journée et combat du 4 août.

De l'Oued-el-Bedah à Guer-ou-Drah, il y a 15 kilomètres. La colonne traverse plusieurs fois l'Oued-el-Bedah, pour remonter ensuite
la vallée de l'Oued-Zebboudj qui est un de ses affluents de gauche.
La route suit la rive gauche de cette dernière rivière. Elle s'élève
par des lacets successifs, à peine tracés, excessivement étroits et
constamment sur le bord de précipices très-profonds, jusqu'à une
très-grande hauteur ; puis, elle suit horizontalement la crête jusqu'à Guer-ou-Drah. Là, il faut redescendre pour arriver aux fontaines, qui sont situées dans une espèce d'entonnoir dominé du côté
où nous arrivions par un piton assez aigu, et de l'autre par une série
de crêtes qui l'entourent en demi-cercle et le surplombent à pic. En
suivant ce sentier à travers ces montagnes boisées et entièrement
privées d'eau, la colonne, sous l'influence de cette pénible ascension,
en plein mois d'août, s'allonge considérablement ; le convoi, qui
porte dix jours de vivres, ne peut avancer sans que le génie rende la
voie praticable. Lorsque la tête de la colonne arriva en vue de Guer-
ou-Drah, la queue était au moins encore à 6 kilomètres. Le caïd des
Beni-Menacer et Si-Lesreg font alors prévenir que des groupes nombreux de Kabyles occupent les hauteurs dominant le camp, qu'ils

[1] Voir le croquis, p. 53.

ont été empêchés par eux d'accomplir leur tâche et qu'ils leur croient l'intention de nous disputer le camp lui-même. C'est une maladresse, car nous avons très-soif et coûte que coûte nous boirons.

Sur ces indications, la tête de colonne s'arrête. Deux pièces d'artillerie avec quelques compagnies des 80e et 81e de marche qui sont d'avant-garde sont placées à la crête du piton au pied duquel la colonne passe. Ce piton pointu domine tout le bas-fond. Avec ces deux pièces et cette réserve, nous sommes certains de nous maintenir facilement, puisqu'elles fouillent ainsi que nos chassepots tout l'entonnoir et les pentes en face. Petit à petit la colonne se masse, nous disposons des zouaves, du régiment étranger, du 80e, du 81e, des chasseurs à pied. Peu à peu le convoi se réunit, se groupe; le bataillon du 11e provisoire seul est encore en retard, retenu par l'allongement de la colonne, résultat inévitable des mauvais chemins.

Le colonel donne ses ordres pour qu'aussitôt que l'on sera sûr de son approche, une compagnie du régiment étranger à gauche, une du 2e zouaves au centre, et deux des 80e et 81e de marche, dont l'effectif est plus faible à droite, descendent sous la protection de nos canons et de nos chassepots, traversent Guer-ou-Drah où elles poseront leurs sacs et enlèvent les crêtes presque à pic que l'ennemi occupe. Elles ont ordre, une fois la position enlevée, d'y rester en grand'garde pendant la nuit pour assurer la sécurité du camp.

Vers 2 heures, le mouvement s'exécute. Le capitaine Laurent, vieux soldat rompu à la guerre, dont le nom est connu au Mexique, où il a commandé en second la contre-guérilla du colonel Dupin, ouvre la marche; bientôt sa haute taille, sa longue barbe grisonnante et son grand chapeau kabyle, nous le font reconnaître au sommet. Le régiment étranger est maître de la clef de la position. Ensuite les zouaves et le 80e couronnent aussi les crêtes. Le combat à gauche, au centre, n'a duré qu'un moment; à droite il se prolonge davantage. La série de crêtes que nous occupons se relie à El-Anacer par une longue arête, que suit notre route de demain. Le long de cette arête, les Kabyles peuvent avancer et reculer, et ils en profitent pour entretenir le combat; abrités par un petit contre-fort, ils s'amusent à tirailler. Au lieu de les débusquer au moyen du système qui leur a été recommandé, le 80e engage avec eux une fusillade et a le tort de rester groupé à la crête. Aussi, il a un homme tué et quatre blessés, dont deux officiers, MM. Forget et Lutz, sous-lieutenant au 80e de marche, déjà blessé à Hammam-Righas. Heureusement ce sont des blessures sans gravité. Cette fusillade dure depuis trop longtemps. Une section du régiment étranger, capitaine Ravaud, est envoyée en renfort à cette grand'garde. Aussitôt, le 80ᵉ enlève le contre-fort, débusque les Kabyles, et le camp s'établit.

Pendant ce temps, le convoi, triomphant de tous les obstacles et protégé sur tout son parcours par des pelotons d'infanterie qui tiennent toutes les crêtes, arrive au camp, ainsi que les dernières troupes de l'arrière-garde. Deux chasseurs à pied et trois soldats du 11ᵉ provisoire qui, malgré les ordres et les recommandations, ont quitté les rangs pour aller chercher de l'eau, n'ont pas reparu.

Les Beni-Menacer de Milianah campent sur un piton à côté de nous. Ils sont seuls, isolés, assis, immobiles, ayant entre leurs jambes leurs longs fusils damasquinés. Nos soldats regardent avec curiosité, sous le soleil couchant qui fait étinceler leurs armes, ces longs fantômes blancs faire leur solennelle prière.

Entre eux et nous quelques petits postes nous répondent de leurs intentions. Leurs figures sont sérieuses; ce sont trois cents fusils qui seront sur nos derrières, si les chances sont douteuses demain; nous le savons et nous ne manquons pas de veiller sur eux. Si nous sommes vainqueurs, si la fameuse position d'El-Anacer l'inviolée est enlevée franchement, ils seront à nos pieds.

La nuit, un instant troublée par une fausse alerte, se termine paisiblement, et les hommes fatigués de la longue journée de la veille prennent un repos précieux, car la journée du lendemain doit fortement éprouver leurs forces. Il avait été décidé que le départ serait un peu retardé ; nous savions que l'ennemi nous attaquerait en route et nous voulions ne pas partir sans y voir très-clair [1].

Combat du 5 août [2].

La route pour s'élever à El-Anacer suit, à droite, le pied des crêtes occupées par les grand'gardes placées la veille ; elle se développe pendant plusieurs kilomètres le long du flanc droit de cette position, qu'elle finit par couronner. Puis, arrivée à l'arête dont nous avons parlé plus haut, elle tourne à droite, et, suivant la crête, elle va directement et presque perpendiculairement aborder la montagne sur le flanc de laquelle, à cent mètres environ au-dessous du sommet, se trouvent les sources de El-Anacer, où nous devons coucher.

Cette grosse montagne perpendiculaire à notre direction déborde sur notre flanc droit la route par deux croupes dont la seconde est plus élevée que la première; de sorte que la route par laquelle nous arrivons en marchant forcément deux à deux, et les bêtes de somme

---

[1] Voir le croquis, p. 53.
[2] Idem, p. 53.

une à une, est bordée tout le long de son parcours de deux précipices, l'un à droite, l'autre à gauche, et elle a devant elle un relief
montagneux, à double étage, qui déborde à droite et à gauche,
espèce de gros bastion qu'il nous faut aborder par le milieu. Le tout
est boisé de ces chênes à glands doux, petits, rabougris, mais
très-serrés et dont les branches peu élevées, mais inflexibles, forment
un obstacle très-sérieux. Pour arriver à El-Anacer, il fallait nous
engager successivement et nous déployer sous le feu ; puis, par un
vigoureux effort en avant, nous emparer des crêtes et les tenir fortement pour permettre à la colonne et au convoi de tourner à gauche
et d'arriver à l'eau. Sur le versant gauche de la montagne, un incendie considérable a déboisé le terrain, et un long plateau nous
présente à 1500 mètres environ ses inclinaisons à 45°. Au milieu à
peu près, un bouquet de trembles nous indique la position de El-
Anacer. Sous la protection de nos grand'gardes de la veille, qui
n'ont encore eu à faire aucun mouvement et sont solidement établies
au sommet, le convoi est massé au point où la route prend pied sur
l'arête. Il y a peu d'espace, il faut s'entasser sur les pentes au
risque de faire la culbute, mais il faut absolument, avant de donner
le vigoureux coup de collier qui est indispensable, avoir tout son
monde dans la main. Cela est d'autant plus nécessaire que nous
entendons à l'arrière-garde la fusillade, pas très-active, mais suffisante pour indiquer que l'ennemi est là et entend profiter de la
moindre faute. Heureusement nos grand'gardes sont à leur poste,
elles tiennent toute la crête, et l'ennemi est obligé d'attaquer l'arrière-garde de bas en haut ; nous avons la position dominante.

Pendant que notre convoi et l'arrière-garde rejoignent, le caïd des
Beni-Menacer de Milianah et Si-Lesreg essayent de se mettre en relations avec leurs frères révoltés et de leur faire entendre quelques
paroles de conciliation. Ils reviennent l'oreille basse et n'osant trop
redire ce qui leur a été répondu. Fiers de leur nombre, pleins de
confiance en leur pays si difficile, les révoltés les ont accueillis par
des injures et par la menace de les traiter en ennemis après avoir
vaincu l'infidèle maudit. « Vous êtes des juifs, leur a-t-on répondu ;
« vous avez vendu vos frères comme des marchands ; nous vous
« écorcherons et déshonorerons vos maisons. »

Il était temps d'agir. Les troupes bien massées, les 4 pièces d'artillerie sont mises en batterie sur la crête et fouillent les deux croupes
que nous avions en face de nous. Sous le feu des pièces qui occupent l'ennemi, les zouaves et le régiment étranger défilent aussi
vite que possible, avec ordre d'enlever surtout les crêtes de droite,
qui fourmillent de Kabyles. Le 11° provisoire, en partie, les appuie
à la hâte. Il a pour mission de se porter à gauche des zouaves.
Bientôt nos jeunes zouaves et nos vieux légionnaires ont franchi le

petit col au delà duquel s'épanouit la position à enlever; le canon
ne peut plus les aider et la fusillade devient serrée, active; on tire
à bout portant, d'arbre en arbre; les débuts sont difficiles : nos soldats arrivent forcément en petit nombre, ils ont de la peine à se
mettre en ligne. On n'aperçoit pas l'ennemi derrière ces broussailles
et le Kabyle qui attend l'attaque a l'avantage. Nous perdons du
monde; le capitaine Buchillot, des zouaves, est tué roide; le commandant de Montleveaux, des zouaves, est blessé; mais ce brave
officier, quoique gravement atteint, reste au feu. La légion a enfin
pu s'étendre sur la droite; elle entre vigoureusement en action
ses clairons sonnent en avant, la ligne entière répète et avance.
Ces deux troupes rivales, mais amies, s'entr'aident habilement.
Les autres arrivent, profitent de la place faite pour s'étendre et
déboucher; nous finissons par garnir le terrain et pouvoir croiser
nos feux en avant. Nos chassepots, dont la puissance de tir est
neutralisée par le peu de distance, mais qui se rechargent si
vite, finissent par mettre l'avantage du côté de l'ordre et de la
discipline.

Sous cette fusillade incessante et sous l'ardeur de nos troupes, le
Kabyle, au lieu de nous jeter dans les ravins, commence à s'étonner;
quelques burnous apparaissent sur le versant gauche de la montagne, des groupes se forment sous le bouquet de trembles d'El-
Anacer.

Les artilleurs, qui ne craignent plus d'atteindre nos soldats,
tirent avec précision, et quelques obus bien placés forcent ces com-
battants déjà indécis à précipiter leur fuite. L'escadron du 9ᵉ chasseurs reçoit l'ordre de se porter sur le plateau déboisé qui entoure
les fontaines et d'essayer de couper la retraite aux fuyards, qui
vont incessamment le traverser en masse, car à la fusillade on re-
connaît que la ligne avance promptement et que la résistance est
vaincue. Il s'élance aussitôt, et en un clin d'œil il est au col; ce
brave escadron, conduit par son vigoureux capitaine, est récompensé
de sa belle conduite par les applaudissements de toute la colonne,
qui le voit, à travers ce terrain impossible, poursuivre les fuyards,
les canarder et border enfin le versant opposé.

L'orgueil kabyle vient de recevoir un échec. Ces montagnes, dont
il était si fier, jamais foulées par l'infidèle, qui devaient, suivant son
langage pittoresque, se soulever elles-mêmes pour le rejeter, les
voilà vaincues; nous sommes à El-Anacer, et non-seulement l'infanterie de l'infidèle, mais même sa cavalerie a paru aux sommets des
montagnes.

Ce succès nous coûte malheureusement un officier regrettable
entre tous, M. Buchillot, capitaine au 2ᵉ de zouaves, frappé de quatre
balles à bout portant en donnant le plus ferme exemple de courage.

Philebert.   3

Quatre soldats tués et vingt blessés dont quatre doivent être amputés.

M. le commandant de Montleveaux, du 2e de zouaves, est gravement blessé aussi; une balle est entrée au poignet et sortie au coude. Le docteur craignait une amputation; Dieu merci! nous eûmes la joie de le revoir deux mois après, bien portant et presque guéri.

Les fontaines d'El-Anacer sont situées sur le versant, à 100 mètres environ du sommet. C'est un terrain incliné à 45 degrés; nulle part un endroit où placer une tente; même en creusant, espérer l'horizontale est chose impossible; au-dessous du sentier, un ravin à pic, que gardent nos sentinelles; il faut absolument garder la ligne des hauteurs tout entière : la moitié de la colonne est de grand'garde.

A la gauche du camp, le chemin passe dans un col et contourne longuement un ravin profond qui sépare le pic d'El-Anacer du gros soulèvement de Bou-Mad. C'est la tête de l'Oued-Tazemourt, qui va se jeter dans le Messelmoun. Au col, se soude au pic d'El-Anacer un contre-fort qui élève d'abord un piton aigu face à celui d'El-Anacer, mais un peu moins élevé. La route fait le tour de ce piton et descend ensuite en longeant les sinuosités du ravin de Tazemourt, à travers un pays excessivement boisé où la vue ne s'étend qu'à quelques pas. Naturellement nous occupons fortement ce piton, qui, avec le pic d'El-Anacer, nous répond de la tranquillité de notre nuit et qui couvrira notre départ quand le moment sera venu. Ces deux jours, pendant lesquels il a fallu marcher et combattre de 5 heures du matin à 8 heures du soir, sans manger ni boire, ont beaucoup fatigué les troupes; les bêtes de somme n'en peuvent plus. D'un autre côté, séjourner à El-Anacer, sur ce terrain en pente où rester en équilibre est un tour de force, est chose impossible. Il faut aviser. Le plan arrêté à Milianah et soumis à M. le général commandant la division d'Alger portait que d'El-Anacer, nous devions prolonger les crêtes par le Bou-Mad, jusqu'aux sources de la zaouïa. Le mouvement serait d'un bon effet, puisqu'il nous maintiendrait sur les crêtes; mais, en réalité, il n'y a point de routes; des sentiers à peine tracés par le passage des bêtes fauves. C'est une forêt inextricable, qui, par cela même qu'elle est impraticable, a été choisie par les révoltés pour servir de refuge à leurs femmes et à leurs troupeaux. Il est de toute impossibilité de se jeter là-dedans avec un convoi. Les seules eaux qui y coulent sont celles d'Aïn-Azaïs, tête des eaux de la zaouïa, trop loin pour qu'on puisse les atteindre en un jour. C'est un pays qu'il faudra ouvrir après la soumission, en imposant à la tribu elle-même l'obligation, en punition de sa révolte, d'y faire une route. Il sera bon d'en faire la reconnaissance exacte pour une autre fois. Pour le moment, ne pouvant rester à El-Anacer, ne pouvant pénétrer dans le Bou-Mad, ayant, du reste, atteint le résultat, nous allons quitter ce pays dépeuplé et descendre par l'Oued-Tazemourt dans le pays habité.

Combat du 6 août [1]

Nous venons de décrire le terrain; il n'est pas utile d'y revenir. Le mouvement de retraite commence avec le jour. La tête de la colonne au point du jour s'engage sur la route qui contourne le piton et descend dans l'Oued-Tazemourt. Mais le convoi est long à défiler; à chaque instant le génie est obligé d'élargir la route, de réparer un mauvais pas. Les Kabyles, en voyant le mouvement commencer, essaient un retour offensif énergique. Ils comprennent très-bien que, s'ils parviennent à arracher de la crête une de nos compagnies de grand'garde, ils produiront un mouvement de désordre qui ne s'arrêtera qu'au fond des ravins. Ils s'y acharnent pour prendre leur revanche de la veille. A gauche, les zouaves et la légion maintiennent leur position. A droite, le combat est plus difficile; un instant les balles arrivent jusqu'au convoi serré sur la route et y produisent un mouvement parmi les convoyeurs; le danger est grave, car, se poussant les uns les autres, ils peuvent, bêtes et gens, se précipiter dans le ravin. Mais le commandant de l'arrière-garde, au milieu de ses troupes, tient ses réserves prêtes; il renforce la compagnie du 80e, qui est sur le point de manquer de munitions. Son clairon sonne à toute la ligne de se porter en avant. Sur toute la ligne, les clairons répètent énergiquement la sonnerie; l'élan est donné; la compagnie du 80e, vigoureusement enlevée par son lieutenant, M. Dottori, charge à la baïonnette et est soutenue par toute la ligne. Les Kabyles souffrent beaucoup, car ce sont eux maintenant qui sont dominés et nos chassepots ont sur eux des feux croisés efficaces. Le combat se ralentit, et vers midi le convoi ayant gagné de l'avance, nos compagnies commencent à descendre, laissant des hommes soigneusement cachés pour surprendre, par un feu inattendu, les Kabyles assez audacieux pour suivre encore la retraite. A une heure, tout le monde, sans accident, est rallié en arrière du piton des zouaves. Les Kabyles descendent en assez grand nombre; mais quelques volées de canon et quelques salves de chassepot les arrêtent court, en face de ce piton, qui se dresse devant eux inabordable. Il ne reste qu'à se mettre en route pour rejoindre l'avant-garde, qui nous attend à 2 kilomètres; le convoi est massé,

[1] Voir le croquis. p. 53.

sous sa protection, dans un petit épanouissement du contre-fort au pied du pin Mazer.

Dans cette opération difficile, qui aurait pu nous coûter cher, si les troupes n'avaient pas, par l'énergie de leur attitude, dégoûté le Kabyle de la lutte, nous avons eu 3 hommes tués et 6 blessés. Parmi ces derniers, un officier, M. Dottori, lieutenant au 80° de marche. Il avait, quelques jours auparavant, été blessé à Hammam-Righas. Heureusement, sa blessure est légère. Lorsque nous eûmes rejoint l'avant-garde, la colonne descendit paisiblement le cours de l'Oued-Tazemourt, et vers 6 heures du soir établit son camp sur cette rivière. C'était encore pour nos soldats une journée passée à marcher et à se battre, sans un instant de repos, sans manger et sans boire.

7 août. — Les troupes avaient naturellement besoin de repos ; aussi fîmes-nous séjour à ce camp nommé Sidi Brahim.

Pour la première fois, nous eûmes des nouvelles de la colonne expéditionnaire de Cherchell; son camp est à Souk-el-Had, à quinze ou seize kilomètres de nous[1].

8 août. — Départ à cinq heures du matin ; la colonne remonte le cours de l'Oued-Tidaf, affluent de Tazemourt, à travers des champs de figuiers et de vignes. De distance en distance, il y a des sources, des vergers, des maisons. Le terrain est très accidenté, mais, relativement à ceux que nous avons parcourus, très facile. La population est absente et des sommets aigus de la montagne, nous regarde défiler sans oser nous troubler. Pour la décider à faire sa soumission, nous brûlons quelques gourbis et meules de fourrage. Ce genre de représailles, quoique employé avec répugnance et partiellement, réussit en partie.

Plusieurs soumissions ont lieu pendant la route. Cependant en arrivant à Aglass-Hannach, notre camp, l'arrière-garde a maille à partir avec quelques Kabyles qui, d'une position dominante, essaient de troubler l'installation du camp. Cette position est tournée par le capitaine Forzinetti, de la légion, et les Kabyles forcés de s'enfuir avec pertes. A onze heures, la colonne est toute réunie à Aglass-Hannach et son chef prend les instructions de M. le colonel commandant la colonne de Cherchell, désormais seul chargé de la direction des opérations.

9 août. — Séjour à Aglass-Hannach. Tous nos blessés sont évacués sur Cherchell. Avant leur départ, le colonel Nicot fit paraître l'ordre suivant.

---

[1] Voir le croquis, p. 31.

« *Ordre de la colonne expéditionnaire de Milianah.*

« Les combats livrés pendant ces trois derniers jours ont mis en
« lumière l'énergie et le dévouement des officiers, la bravoure et la
« discipline des soldats faisant partie de la colonne expéditionnaire
« de Milianah.

« Bien que les troupes aient eu à combattre contre un ennemi
« acharné, leur tâche ne s'est pas bornée là. Il leur a fallu traverser
« avec des fatigues extrêmes un pays escarpé, sans route et sans
« eau; marcher et combattre sans relâche sous un soleil ardent.
« Elles ont été à la hauteur de toutes les difficultés ; le colonel com-
« mandant la colonne leur adresse tous ses remerciements pour lui
« avoir rendu le commandement aussi facile qu'il pouvait l'être.

                                                   « NICOT. »

« Au camp de Tazemourt, le 7 août 1871. »

A cet ordre étaient jointes quelques citations, presque toutes portant sur des officiers ou hommes blessés et qu'il est inutile de faire
figurer dans ce récit.

Les ordres reçus de M. le colonel commandant la colonne de
Cherchell sont de rester quelques jours au camp que nous occupons
et de faire des sorties en rayonnant autour du camp pour peser sur
le pays. Il est, du reste, vide d'habitants, et il n'y a pas grand'-
chose dans les habitations. Nous exécutons ainsi deux ou trois sorties, dans lesquelles nous faisons peu de mal à l'ennemi et où nous
obtenons aussi peu de résultats. A la vérité, nous devons avouer que
nous agissons sans entrain; ce métier de destructeur répugne même
au soldat et tout le monde le trouve illogique : en appauvrissant le
pays, on le rend plus disposé à la révolte, les pauvres n'ayant à
craindre que pour leur vie, les riches craignant et pour leur vie et
pour leurs biens. Ici, surtout, où la révolte a été faite par des gens
pauvres et déclassés, c'est une fausse route; il faudrait au contraire
prêter appui aux gens riches pour les mettre à même de faire la loi
à toute cette canaille. Au contraire, nous brûlons leurs maisons; ils
ont à souffrir des deux côtés et n'ayant plus rien à perdre ils restent
dans la révolte. Aussi, dans le fait, il n'y eut point de soumission ; la
menace avait fait quelque effet, l'exécution n'en fit pas. Si-Lesreg,
qui avait la mission de réorganiser ces tribus, malgré toute son ac-
tivité, n'obtint rien. Les populations réfugiées dans le Bou-Mad
n'étaient pas saisissables ; les riches pleuraient leurs maisons et
leurs biens; la masse, ne possédant rien, regardait avec indifférence
et avait même intérêt à prolonger la situation, car elle vivait aux
dépens des troupeaux et des approvisionnements de tous.

Pendant tout le temps de notre marche au milieu des Beni-Menacer, entourés d'ennemis de tous côtés, nous étions restés absolument
sans nouvelles. A Aglass-Hannach, nous apprîmes la mort de Si-
Maleck-el-Berkani, tué par une balle française, dans une surprise
opérée par un détachement de la colonne de Cherchell. Beaucoup
s'en réjouirent, dans la conviction que le chef de l'insurrection était
mort. Pour nous, il n'était point le chef de l'insurrection, et même
il ne la voulait pas; et la preuve que nous ne nous trompons pas,
c'est que sa mort ne la termina pas, et n'amena aucune soumission.
Nous croyons ne point nous tromper en affirmant qu'il subit cette
situation, et nous désirons que sa famille soit exempte de toute
persécution.

La, nous apprîmes aussi que pendant le combat soutenu par le
1er zouaves, lors du ravitaillement de Zurich, un sergent-major de
ce régiment et quelques zouaves avaient été faits prisonniers. Le
spahis Ahmed-el-Berkani, neveu de Si-Malek, resté fidèle et marchant à la suite de la colonne de Cherchell, nous apprit alors, non-
seulement que ce sergent-major avait été fait prisonnier, mais
encore qu'il était vivant. Nous résolûmes de faire tout ce qui serait
en notre pouvoir pour l'arracher à son triste sort. Sur nos instances,
le spahis Si Ahmed-el-Berkani nous offrit d'essayer de nous le rame-
ner. L'expédition fut organisée avec le concours de Si-Lesreg, un
autre Menaceri, des Zouaouas, nommé Si-Mohamed-ben-Abd-el-
Kader, et nous eûmes la joie le surlendemain de les voir revenir
avec ce malheureux jeune homme.

Nous le fîmes immédiatement, et en présence de témoins, interro-
ger; M. Alaja, interprète du bureau arabe de Milianah, écrivait ses
réponses; voici le résumé de cet interrogatoire.

« Fait prisonnier, le 17 juillet, entre la ferme de Brincourt et
« Cherchell, il vit massacrer ses camarades; il fut dépouillé et mal-
« traité par les Kabyles, qui l'emmenèrent dans la direction de la
« montagne. Ils marchaient depuis trois heures environ, lorsqu'ils
« rencontrèrent un groupe de cavaliers. L'un d'eux, qu'il sut plus
« tard être Si-Braham-ben-Abd-Allah-Saharaoui, des Breknas,
« frère de Si-Malek, lui fit rendre ses vêtements et le conduisit au
« bordj-el-khémis, sa demeure. Il y vécut, sans subir de mauvais
« traitements, à côté de la famille de Si-Braham. Le jour où arriva
« la nouvelle de la mort de Si-Malek, les Kabyles descendaient en
« grand nombre des montagnes, au bordj, pour assister aux funé-
« railles du mort dont le corps avait été apporté. Dans leur douleur,
« les Kabyles firent venir Alexandre et voulurent le sacrifier en ho-
« locauste à la victime. Déjà les injures et les coups commen-
« çaient, lorsque Si-Braham, qui faisait creuser une fosse pour son

« frère, s'y opposa, le fit entrer dans sa maison au milieu de sa
« famille.

« — Je n'ai jamais été maltraité dans la famille des Breknas,
« nous dit-il; et au milieu de mon malheur je conserve un souve-
« nir reconnaissant de cette famille. Si-Braham m'a chargé de vous
« dire que s'il le pouvait, il se réfugierait avec tous les siens auprès
« de vous. C'est lui et le spahis Si-Ahmed qui m'ont sauvé, et je leur
« dois d'être revenu auprès de vous. »

Ce n'est, en effet, qu'à force de ruse et de courage que Si-Abd-
el-Kader-ben-Mohamed, Si-Braham et Si-Ahmed-el-Berkani ont
trompé la surveillance des Beni-Menacer, et nous l'ont rendu. Ces
trois hommes méritent notre reconnaissance pour avoir arraché ce
jeune homme au triste sort qui l'attendait. Espérons qu'on leur
en tiendra compte, quoique ce ne soit pas l'habitude.

Nous ne pûmes pas malheureusement prendre auprès du sergent-
major Alexandre tous les renseignements que nous aurions désirés.
Il était dans un tel état de faiblesse et de surexcitation fébrile que
l'entretien ne put continuer, et qu'après avoir fait écrire les principales réponses, nous dûmes le renvoyer à l'ambulance. Nous ne savons ce qu'est devenu ce jeune homme, mais l'ébranlement avait
été bien fort et [sa santé paraissait gravement compromise; nous
serions heureux d'apprendre que la jeunesse a triomphé. Nous
savons par expérience personnelle qu'il est dur de tomber entre les
mains des indigènes; nous avons dû aussi à des circonstances ex-
ceptionnelles de nous tirer sain et sauf de leurs mains; nous étions
plein de compassion pour ce malheureux jeune homme et bien heureux d'avoir pu contribuer à sa délivrance. Je n'ai pas su non plus
que l'acte remarquable accompli par le spahis lui ait valu même un
simple remerciement. C'est encore un bel exemple d'ingratitude. Un
gouvernement ne doit jamais ignorer de pareils faits; on peut ou-
blier de punir, jamais de récompenser.

VII

OPÉRATIONS DANS L'OUEST.

Plusieurs plans d'opérations pouvaient être suivis pour la fin de la
campagne. Nous étions au centre des pays insoumis; à l'est nous
avions encore les Beni-Menade; à l'ouest toutes les tribus révoltées,
Zatimas, Gouraïas, Arbat, Beni-bou-Mileuk, Beni-Zioui, etc. Les
Beni-Menade bordent la Mitidja, qui était sans défense: aussi parais-
sait-il naturel de dégager d'abord ce côté et de se rabattre ensuite
vers l'ouest après s'être débarrassé de toute préoccupation du côté
de Marengo. Quelques jours auraient suffi à deux bataillons pour
tout terminer, et c'était le moment de faire appuyer cette opération

par le goûm de Bou-Alem-ben-Chérifa. Néanmoins la résolution d'agir immédiatement dans l'ouest fut adoptée.

12 août 1871. — Le 12 août, nous laissâmes trois compagnies du 80° de marche au camp de Souk-el-Had, qu'elles devaient garder concurremment avec les troupes de la colonne de Cherchell; avec elles restèrent tous nos bagages embarrassants, et le 13 au matin nous nous mîmes en route pour Souk-el-Sebt. Trois routes différentes s'offraient à nous :

1° Celle de l'Oued-el-Had ou Oued-Touarès, mais elle est impraticable aux bagages et entièrement dominée sur la rive gauche.

2° La colonne de Cherchell suit la route du milieu.

3° Nous avons donc à suivre celle de droite , celle des Souhalia.

A notre sortie du camp, l'arrière-garde est attaquée par les Beni-Menacer et par une bande de Beni-Menade conduite par Si-Kaddour-ben-Embareck lui-même. Si nous n'étions pas forcés de coucher ce soir à Souk-el-Sebt et si la route de droite n'était pas si longue, l'occasion serait bonne pour essayer de s'emparer de sa personne, mais l'étape est longue et nous ne pouvons nous attarder. L'attaque du reste n'a rien de gênant : la plaine est nue, découverte, et l'ennemi commet un acte de folie en osant s'attaquer à nos chassepots. L'arrière-garde du 11° provisoire maintient facilement l'ennemi à distance et nous rejoint au-dessus de Souk-el-Had. De là , par la route de droite, qui traverse le pays des Taoûrira, nous marchons sur Souk-el-Sebt. La route parcourt une crête assez large d'où nous apercevons la mer, Novi et Cherchell. La colonne, non inquiétée, descend sur Souk-el-Sebt, vers 11 heures et demie. Un soldat de la légion qui s'est écarté de la colonne, malgré la défense faite, pour aller chercher de l'eau, est assassiné; quelques jours après nous avons retrouvé son corps gisant sans tête au bord de la route. Nous ignorons quelles mesures furent prises pour retrouver les assassins; mais nous ne voulons pas nous soumettre à l'idée de considérer cet acte comme un des accidents journaliers de la guerre, nous pensons au contraire que c'est un assassinat que l'autorité doit poursuivre et qui tombe sous le coup de la loi. Jusqu'à ce qu'ils aient été punis, ces assassins doivent être recherchés, et pour nous si le hasard ou la volonté divine nous ramenait dans ce pays, nous ne négligerions rien pour les découvrir.

14 août[1]. — Les deux colonnes font séjour à Souk-el-Sebt et exécutent une sortie sans sacs. Les troupes de Milianah contournent le pic Nazer sur son flanc ouest , le dépassent et arrivent aux villages qui se trouvent au-dessus de son ancien camp de Tazemourt.

---

[1] Voir le croquis, p. 55.

La résistance, quoique le pays soit affreusement difficile, est nulle. Les trois journées d'El-Anacer ont dégoûté les Kabyles de la lutte ; la population cependant ne se rend pas. Réfugiée dans le Bou-Mad, elle résiste par la force d'inertie et laisse brûler ses villages sans donner signe de vie.

Les troupes rentrent à dix heures et demie.

15 *août*. — Séjour.

16 *août*. — La colonne de Cherchell va camper à Bibous, source de l'Oued-Kolla. Quant à celle de Milianah, elle suit le bord de la mer par la route de Cherchell à Tenez et vient camper à l'embouchure de l'Oued-Meselmoun, sur le bord de la mer et sur la rive gauche de cette rivière.

Des Kabyles des tribus ouest viennent parler de soumission et sont renvoyés à la colonne de Cherchell.

17 *août*. — Campement à l'Oued-Mellah. Les Lahrat viennent faire leur soumission et comme les autres sont renvoyés à la colonne de Cherchell. Partout sur notre route nous trouvons nos fermes ruinées et incendiées ; les écoles, les moulins à huile, tout est détruit. Nous interrogeâmes les indigènes sur les causes de ces dévastations, et nous leur demandâmes si les colons qui étaient là leur avaient donné des motifs de plainte. Ils nous répondirent que non, qu'au contraire le propriétaire du grand moulin situé à l'embouchure de l'Oued-Mellah, entre autres, était très-aimé dans la contrée et que son installation avait été un bienfait pour tous. Quant aux causes, ils dirent comme d'habitude leur grand mot, qui répond à tout : Dieu ! Pour nous, ce fut comme partout le goût inné du pillage. Le colonel Nicot fit arrêter un indigène qui servait ce meunier comme domestique et qui était accusé d'avoir le premier ouvert les portes et donné l'exemple. Il fut livré à la justice, avec pièces à l'appui, et nous espérons que le conseil de guerre ne l'aura pas épargné. L'état de toutes ces ruines fut constaté dans un procès-verbal, qui relata en même temps tout ce que nous pûmes apprendre sur les événements dont elles avaient été le théâtre.

18 *août*. — De l'Oued-Mellah, la colonne se dirige sur El-Hadj-ben-Difallah. La route traverse des ruines romaines importantes, qui indiquent un grand établissement. A notre arrivée à Si-El-Hadj-ben-Difallah, l'avant-garde disperse à coups de fusil quelques groupes de Kabyles qui essayent une courte résistance. En face de nous sont les Beni-Zioui ; leur pays est célèbre par ses difficultés ; jamais colonne française ne l'a foulé. Ils en sont très-fiers et font répandre le bruit qu'ils s'y défendront. On parle de retranchements et de fortifications. Les Beni-Zioui ont de tout temps passé pour experts dans la fabrication de la poudre. — C'est une zaouia d'Ouled-Sidi-Chickh ; à ce titre ils sont doublement ennemis. La carte ne

donnant aucun renseignement, nous essayons de nous rendre compte de la forme du terrain. A pic presque au-dessus de notre tête, se dessine une crête rocheuse au sommet de laquelle apparaît un gros village : c'est Thanouts, poste avancé d'Ighil-Ouzrou, capitale ou centre le plus considérable des Beni-Zioui. Thanouts paraît avoir une cinquantaine de maisons. En avant du village, on voit une espèce de petit retranchement circulaire, dans lequel apparaissent quelques sentinelles indigènes. A Thanouts s'embranche perpendiculairement à la crête, un contre-fort à arête aiguë qui mène à Ighil-Ouzrou ; c'est une série de gradins successifs, de roches superposées où il existe à peine un sentier de chèvres bordé de précipices. A droite, sur des ressauts en étages, se trouve Ighil-Ouzrou ; si ce village qui a, dit-on, 200 feux est réellement défendu, il pourra être difficile de l'enlever, car il est pour ainsi dire inabordable. Le premier effort pour enlever Thanouts sera déjà très-pénible ; on ne peut y arriver que par un colimaçon très-long, serpentant lentement le long de ce versant à pic. En attendant les événements, nous plaçons nos grand'gardes, et le séjour du lendemain est décidé.

Prise de Thanouts et d'Ighil-Ouzrou[1].

19 août. — Le lendemain, de bonne heure, quelques coups de fusil s'engagent entre la grand'garde des chasseurs à pied et les sentinelles kabyles qui sont logées dans le retranchement situé en avant de Thanouts. Nos soldats tirent presque verticalement au-dessus de leurs têtes ; quelques vedettes des zouaves faisant partie d'une grand'garde située sur la droite croisent leur feu sur ce poste qui nous semble hors de leur portée. Il paraît cependant que les coups portent, car avec une longue-vue qui nous permet de suivre ce petit combat, nous remarquons, à notre grand étonnement, que les Kabyles abandonnent le poste et que les chasseurs à pied y montent lentement et enfin finissent par y entrer. Tout le temps que dure cette ascension que personne n'a ordonnée, notre inquiétude est grande, mais bientôt fait place à la joie quand nous les voyons y entrer et s'y installer.

Il nous faut profiter de ce succès inespéré qui nous rend maîtres de Thanouts probablement sans coup férir, puisque ce poste dans lequel sont nos chasseurs à pied le touche et est à sa hauteur. Immédiatement une colonne légère commandée par M. le chef de bataillon de Négrier, du 11e provisoire, et composée de son bataillon et de quelques chasseurs, reçoit ordre de grimper lentement par le sentier que les chasseurs à pied ont suivi, de se former auprès de

---

[1] Voir le croquis, p. 55.

leur poste et sous sa protection, puis de se jeter sur le village de Thanouts et de l'enlever. M. l'interprète Alata accompagne cette troupe. — M. le commandant de Négrier reçoit en outre la mission de s'établir solidement dans Thanouts de façon à pouvoir servir de point d'appui à la colonne le lendemain dans une attaque sur Ighil-Ouzrou. Il doit faire reconnaître le chemin et les abords de ce village, mais ne point s'y engager à fond, tout en suivant son succès si la chose est possible. — Avant tout, son rôle consiste à s'assurer la possession de Thanouts de façon à ne pouvoir en être rejeté et à n'engager sur Ighil-Ouzrou que ce qui est nécessaire pour en reconnaître les abords. L'ascension est pénible et dure longtemps, mais enfin nous avons la satisfaction de voir les longues files noires de la colonne pénétrer dans Thanouts. Dès lors le plus difficile est fait, et nous sommes à peu près sûrs du succès le lendemain. Nous demandâmes plus tard aux indigènes pourquoi ils avaient ainsi abandonné Thanouts. Ils répondirent que la portée des chassepots les avait épouvantés, et que nous avions tué des hommes à des distances auxquelles ils se croyaient absolument hors de danger; que dès lors étant tués sans pouvoir tuer, ils avaient renoncé à la lutte. Ils y renoncèrent si complètement que la défense d'Ighil-Ouzrou même se désorganisa. Les retranchements furent abandonnés; le caïd El-Bouzidi, âme de la défense, s'enfuit avec la plupart des défenseurs, après avoir subi une ou deux décharges des hommes les plus avancés de la reconnaissance envoyée par M. le commandant de Négrier; décharges qui leur tuèrent quelques hommes à un kilomètre de distance; une cinquantaine se laissèrent faire prisonniers sans essayer de se défendre, et le reste vint à soumission. — Il fut heureux pour nous que la chose se terminât ainsi : c'est un pays épouvantable : vingt hommes résolus y arrêteraient une armée, et quelque inférieur que soit l'armement des indigènes, s'il avait fallu enlever ce village de force, nous aurions perdu bien du monde.

20 *août*. — La colonne expéditionnaire y grimpa par la route ordinaire et s'y installa tout entière le 19. L'avant-garde avait déjà à son arrivée fait justice de ce village orgueilleux et de la jactance de ses habitants. Il est situé sur un terrain fortement en pente où nous eûmes bien de la peine à nous placer. En outre, l'eau était à peine suffisante pour les troupes.

Différents personnages vinrent là nous rejoindre, entre autres le fils de Si-El-Hadj-Ahmed-ben-Djelloul, Ben-Abdelselem. Il nous annonçait que son père avait accompli sa mission, qu'il était en armes avec ses gens et qu'il avait fait certaines prises.

21 *août*. — Pour appuyer la colonne de Cherchell, un bataillon commandé par M. le commandant Gache, du régiment étranger, fait une démonstration du côté des Zatymas, Beni-Bou-Nileuk et Zou-

garas jusqu'à Bou-Chebab. La résistance est vaincue, il ne reste plus qu'à mettre le pays en ordre : c'est l'affaire de l'administration et non de l'armée.

23 août. — Nous reprenons notre direction sur les Beni-Menacer et nous couchons à l'Oued-Berdi.

24 août. — A l'Oued-Mellah.

25 août. — A l'Oued-Rehan.

26 août. — A l'Oued-Meselmoun.

27 août. — A Souk-el-Sebt.

28 août. — A Aglass-Hannach.

29 août. — Séjour. — Le commandant Hoselle, du 81ᵉ de marche, avec une colonne légère, reçoit ordre d'appuyer le mouvement d'une portion de la colonne de Cherchell qui agit du côté de Tazemourt pour hâter les dernières soumissions des Beni-Menacer.

Beaucoup de maisons sont encore brûlées ce jour-là et beaucoup d'arbres coupés. Nous ne pouvons nous empêcher de dire que c'est avec chagrin que nous assistons à cette dévastation. Pour nous, à ce moment, tout ce qui possède quelque chose désire depuis longtemps faire sa soumission. Cette punition qu'on leur inflige est en pure perte ; ruiner les populations n'est pas un moyen de les soumettre, qu'on ait affaire à des sauvages ou à des populations plus avancées. La haine pour les conquérants est une chose naturelle partout ; elle n'est balancée, je le sais bien, en Algérie, que par la crainte, mais celui qui ne possède rien est moins accessible à la crainte que celui qui possède, car il n'est saisissable que dans sa personne, tandis que l'homme riche l'est en outre par ses biens. S'il est vrai que la crainte seule domine la haine, on doit aussi admettre comme axiome que le conquérant doit éviter toutes les occasions de raviver inutilement cette haine et d'appauvrir les populations. Malheureusement c'est ce que nous n'avons jamais cessé de faire envers l'indigène ; le seul moyen d'action que nous sachions employer, c'est l'amende. C'est là une mauvaise manière de faire ; au lieu de poursuivre l'argent des populations, il faut poursuivre les malfaiteurs, les meneurs, les perturbateurs ; mais cela exige de la suite dans les idées, du travail, une connaissance complète du pays, et c'est notre côté faible. Loin d'avoir un système arrêté, nous changeons d'idées au gré de chacun des chefs qui se succèdent, nous n'étudions rien, et malgré cela nous sommes très-satisfaits de nous-mêmes et très-étonnés que tout le monde ne nous affectionne pas.

En somme, à cette période de la révolte où nous sommes arrivés, tous ceux qui sont fortement compromis, tous les drôles qui ont assassiné nos colons, pillé leurs fermes, sont cachés dans le Bou-Mad et n'en veulent pas sortir. Ils y vivent dans l'abondance, grâce aux troupeaux des riches, et, heureux de voir qu'on ne les y poursuit pas, ils se flattent d'avoir trouvé un repaire inabordable d'où ils peuvent à leur fantaisie faire des excursions aux dépens de ceux qui se sont soumis, et mener une vie de bandits sous le couvert de la défense du pays et de la guerre à l'infidèle. (Nous avons vu aussi au moment de la Commune l'écume de la population parisienne se couvrir de l'égide de sa prétendue haine des Prussiens.) Ils se gardent bien cependant, comme leurs pareils de Paris, instruits par une dure expérience, d'approcher des fusils de l'infidèle. Les chefs du pays même nous supplient de les aider à faire cesser cet état de choses, et parmi eux surtout un vieux cheik, type de franchise, de bon sens et de courage. Il se nommait Si-Mohand ou El-Aïd, cheik de la fraction de Bou-Harb. Il n'avait jamais voulu de la révolte et depuis longtemps était venu se réfugier près de nous. Il ne cessait de nous dire :

« Vous n'êtes pas justes ; nous voilà, nous qui sommes soumis et
« qui sommes revenus près de vous ; vous nous avez punis d'amende
« pour nous être révoltés, c'est justice, et vous faites bien ; vous
« avez brûlé nos maisons pour hâter notre soumission, c'est justice ;
« vous nous avez forcés à vous livrer nos fusils, c'est justice aussi ;
« mais alors protégez-nous contre ceux qui ne veulent pas se sou-
« mettre, vous savez qui ils sont et où ils sont. Vous savez bien
« qu'ils nous pillent et nous volent. Le malheur n'existe donc que
« pour ceux qui se soumettent et vous obéissent ; eux seuls sont
« désarmés, eux seuls paient l'amende, eux seuls nourrissent les
« révoltés. Les autres, ceux qui ont tué, volé, et volent encore en
« toute liberté, ont encore leurs armes, ne paient point d'amende
« et abusent de nos biens. Au moins, autorisez-nous à nous en dé-
« barrasser comme de bêtes nuisibles ; mais non, au contraire, quand
« nous les tuons, vous nous mettez en justice. »

Toutes ces paroles avaient fait sur nous une forte impression, et ce vieillard avec sa voix forte et rauque, ses moustaches grises hérissées, sa sale chechia et son cou de taureau noir et luisant comme un vieux cuir à repasser, nous poursuivait comme un remords.

Je sais bien que beaucoup de gens riront et diront : « Qu'importe la justice avec de pareils gens ! Le but est de les détruire, de les exterminer, de les chasser. Tous les moyens sont bons à leur égard du moment qu'ils tendent à un de ces buts. » Dans les sphères élevées, on dit malheureusement et même on écrit, sous l'empire de certaines passions, de pareilles choses, sans même réfléchir qu'un peuple entier vous écoute et que cela n'aide pas à l'apaisement des révoltes. Chacun est libre de penser et de parler à sa guise, et il est naturel que ceux qui désirent et les terres et les biens des indigènes veuillent les exterminer; c'est logique, puisque ces indigènes sont un obstacle à la réalisation de leurs désirs. Mais comme nous ne sommes point poussés par ces mobiles honteux, et que ce rôle de bourreau ne saurait nous convenir, à nous militaires, qui avons pour devoir de notre état d'être justes et généreux, surtout envers des ennemis vaincus, nous pensons que le peuple indigène a le sentiment des choses justes comme nous; nous pensons en outre que civilisation oblige, et que nous sommes tenus de donner au peuple indigène des exemples dignes de notre état plus avancé.

D'après ces idées, nous cherchions un moyen d'exécution, lorsque le colonel commandant la colonne de Cherchell, pressé d'en finir avec ces soumissions qui ne venaient pas, chargea la colonne de Milianah de poursuivre celle des gens du Bou-Harb. Immédiatement, sous la direction de Si-Lesreg et du vieux cheik, Si-Mohand-ou-el-Aïd, nous organisâmes une expédition sur le Bou-Mad. Sans aucune hésitation, nous rendîmes à ceux qui étaient soumis leurs fusils pour un ou deux jours, nous leur fîmes donner quelques cartouches. Pour les soutenir, nous fîmes réunir et armer de fusils ou de bâtons tous les convoyeurs arabes de la colonne, et notre troupe, commandée par les Bach-Hammars du convoi, partit pour le Bou-Mad avec ordre de le fouiller à fond. Ils avaient les noms de tous les réfractaires. Ils devaient nous envoyer à soumission tous ceux qui se rendraient et apporteraient leur fusil et leur amende; mais ceux qui ne voudraient pas en finir et essayeraient de se sauver devaient être poursuivis, traités sans pitié et contraints par la force; leurs maisons, s'ils en avaient, devaient être pillées, détruites. Comme c'étaient pour la plupart les plus compromis dans les assassinats et incendies du commencement de la révolte, il n'y avait aucun ménagement à garder, et en fait de pillage on pouvait être certain qu'où cette bande passerait, il ne resterait pas grand'chose. Ils avaient en outre une autre liste, comprenant ceux qui avaient déjà fait acte de soumission, et ordre absolu de respecter leurs propriétés. A partir du départ de cette expédition qui fit consciencieusement sa besogne, la situation change, les maisons des gens paisibles ne brûlent plus, mais les autres brûlent. La population respire et se hâte même de prêter main-forte de tous côtés; ce fut l'affaire de deux jours et bon nombre de gredins, sauvages habitants du Bou-Mad et gibier des conseils de guerre, nous arrivèrent solidement attachés et bien gardés. Le vieux Si-Mohand-ou-el-Aïd s'était multiplié et sa face sévère, en considérant son œuvre, s'élargissait de jubilation; et il avait raison, car c'était pour le pays une purge à peu près complète.

Tous ces gredins furent expédiés sous bonne garde à Cherchell. Je n'ai qu'une médiocre confiance dans la sévérité des conseils de guerre, mal placés pour bien voir, et je préférerais de beaucoup (ce qui devrait exister à la suite de chaque armée en campagne, car c'est le seul moyen d'assurer la discipline), des cours martiales telles que celles des Prussiens; j'espère pourtant qu'on en fit bonne justice, car leurs dossiers étaient complets et nous avions fait recueillir contre eux des témoignages plus que suffisants.

Deux cependant, à notre avis, n'étaient pas coupables et n'avaient point été arrêtés par le fait de notre volonté. Nous parlons du fils de Si-Maleck-el-Berkani et de son frère Si-Braham.

Nous n'avons jamais consenti à céder à la pression de l'opinion publique et nous avons toujours essayé de nous conduire par la connaissance des faits et le raisonnement. L'opinion publique est pleine d'exagérations et est presque toujours menée par des gens trop intéressés pour être justes. Nous avons déjà soulevé bien des colères, mais nous sommes toujours fier d'avoir été un des seuls à lutter en 1864 contre l'entraînement irréfléchi qui voyait dans les Ouled-Moktar les seuls auteurs de la révolte. En 1871, nous avons lutté sans plus de succès contre le même entraînement poursuivant les Berkani. Dans notre âme et conscience, maintenant que ces événements sont plus loin de nous et qu'on les considère d'un œil plus calme, nous croyons être dans le vrai. Ces sentiments ont leur point de départ tous deux dans la connaissance des luttes et des rivalités des familles indigènes, à la remorque desquelles nous ne devrions pas marcher. D'un côté, les gens de Tittery, de l'autre différents personnages de Cherchell, ont dans ces deux occasions guidé l'esprit public. Pour moi les victimes valaient mieux que ceux par lesquels l'opinion s'est laissé conduire. Il serait temps que les représentants de la France vis-à-vis de ces populations fussent au courant de ces questions et n'allassent pas à tous les vents, au gré d'intrigants qui poursuivent la satisfaction de leurs intérêts personnels. Pourquoi cette faveur dont jouissent ces ambitieux et mercantiles indigènes, abhorrés avec juste raison des Kabyles, qui, pendant la paix, sont durs et rapaces à l'abri de notre puissance qu'ils font exécrer, et pendant la guerre rentrent à Cherchell, comme la tortue dans sa carapace, aussi inutiles alors qu'ils ont été nuisibles pendant la paix?

J'espère et je désire que le conseil de guerre se soit montré clément envers ces malheureux : c'est bien assez que le père ait été tué et que les enfants soient orphelins; en tout cas, s'il y a une justice en ce monde, l'acte d'avoir sauvé et de nous avoir rendu le sergent-major Alexandre a dû fortement plaider en leur faveur.

30 *août*. — M. le général de brigade Carteret-Trécourt, nommé au commandement de la subdivision de Milianah, arrive à Souk-et-Had, et prend le commandement des troupes.

VIII

DISSOLUTION DES COLONNES EXPÉDITIONNAIRES.

31 *août*. — Le 31, nous partions pour l'Oued-el-Khemis; en route, les deux colonnes sont dissoutes. Celle de Milianah particulièrement est divisée en deux : une partie reste au Bordj-el-Khemis, pour surveiller les Beni-Menacer, Beni-Menade et autres tribus nouvellement soumises; ces sortes de missions durent ordinairement longtemps; comme on ne fait généralement rien, il n'y a pas de raison pour qu'elles finissent plutôt un jour que l'autre. La deuxième partie, 2e zouaves, régiment étranger, chasseurs de France, plus un bataillon de tirailleurs algériens de la province d'Oran partent pour Milianah où ils doivent tous prendre le chemin de fer pour rejoindre leurs garnisons habituelles dans la province d'Oran. Pour la route, cette colonne est sous les ordres du lieutenant-colonel Philebert, chargé de la conduire à Milianah [1].

IX

RETOUR A MILIANAH.

Partis le matin de l'Oued-el-Khemis, nous sommes à neuf heures et demie à Thizi-Franco; après y avoir passé la grande chaleur, nous fîmes le soir deux ou trois heures de marche, et le lendemain avant dix heures nous étions à Milianah. Nous avions suivi cette route de Thizi-Franco que beaucoup nous engageaient à prendre, au début de la campagne, pour ligne d'opérations. Nous devons dire qu'à chaque pas nous nous félicitions d'avoir agi autrement, en calculant les difficultés insurmontables de son parcours. Tous les officiers qui ont fait ce voyage ont certainement conservé comme nous bon souvenir de l'accueil qui nous fut fait tout le long de la route par les populations : Beni-Menacer, Righas rivalisaient à qui seraient les plus gracieux et les plus prévenants; beaucoup s'en demandaient la cause. Oh ! la cause était bien simple. Ils avaient compris par notre opération chez les Beni-Menacer que nous étions forts et ils faisaient ovation à la force. Ils se réjouissaient de n'avoir pas pris part à cette révolte qui aurait mal tourné pour eux. Fêtés par toute cette population, nous arrivâmes à Milianah. La situation depuis notre départ avait bien changé ; la population que nous avions laissée anxieuse et inquiète était tranquillisée ; elle avait vu le dan-

---

[1] Voir le croquis, p. 51.

ger s'éloigner d'elle ; tous les colons et fermiers de la plaine, grâce à nos fatigues, à notre action, avaient recouvré la plus entière sécurité pour leurs établissements. Aussi, quel contraste ! A notre départ, toute la population est sur pied et nous accompagne de ses souhaits de succès ; à la rentrée, froideur complète, personne ne s'occupe de nous et jamais troupe de passage ne fut l'objet de plus d'indifférence.

Quelques-uns s'en étonnèrent ; quant à nous, personnellement, nous n'en fûmes point surpris. Depuis longtemps nous avons pensé à ce malentendu bizarre qui existe entre l'armée et la population. Il a ses sources dans une foule de mauvais sentiments que certaine presse s'est plu depuis longtemps à exalter. Aujourd'hui, il est tel que, pour une partie de la population, l'armée est une ennemie. La population lit et apprend cette désaffection dans les feuilles publiques qui sont sa seule nourriture intellectuelle, et elle croit à toutes leurs accusations comme elle croit à tout ce qui est écrit.

Ce mal est né en France dans les discussions des sophistes qui veulent la réorganisation du monde, et qui dans leurs songes creux veulent prendre la société et la pétrir d'un bloc. Cette société naturellement résiste et ne veut pas se fier à l'habileté des pétrisseurs, et elle résiste au moyen de l'armée. C'est cette résistance qui l'a fait mettre au ban de toute cette partie de la population, qui se figure dans son orgueil, malgré sa nullité et ses vices, être le premier peuple du monde, avoir tous les droits et pas de devoirs. Ce malentendu a fait depuis vingt ans des progrès incroyables. La nouvelle loi d'organisation militaire, en prenant le sang de tous pour la défense du pays, modifiera, espérons-le, cet état de choses ; en attendant, comme nous n'y pouvons rien, il faut en prendre notre parti, quoiqu'il soit pénible de dire qu'un même cœur ne bat pas sous l'habit civil et sous l'uniforme, Dieu merci ! l'idée de devoir et de sacrifice est assez solidement ancrée dans nos cœurs pour que nous n'ayons besoin d'aucun stimulant pour les accomplir.

A Milianah, chaque troupe redevint corps isolé et s'apprêta à rejoindre sa garnison. Pour mon compte, c'est avec regret que je me séparai des compagnons de ces deux mois de guerre. Le dernier jour, au moment où il fallut se dire adieu, ce fut avec une émotion que j'ai rarement ressentie dans les changements perpétuels de notre vie errante, et dont j'ai encore au fond du cœur un souvenir vivace, que je pressai la main de tous.

Le commandant de Montleveaux, sorti à temps de l'hôpital pour que nous puissions lui dire adieu, le commandant Gache, le commandant de Négrier, le commandant Hoselle, le brave capitaine Lambert aussi, quoiqu'il ne fût pas directement sous nos ordres, et leurs officiers avec lesquels j'ai eu des relations si solides et si agréables, qui m'ont rendu le commandement si facile, peuvent être sûrs que j'ai conservé pour eux un sentiment de bien vive affection. Je leur dois, à eux et à leurs bonnes troupes, le premier sentiment d'espoir qui me soit revenu au cœur après les désastres de la campagne de France. Rentré dans notre pays après une captivité de plusieurs mois en Allemagne, et à la suite d'événements qui dans mon esprit avaient complétement ruiné l'armée française, au milieu des convulsions de la Commune, des révoltes de l'Algérie, j'avais vu de mes yeux, le cœur plein d'amertume, les désordres sans nom dont toutes ces hordes aux costumes excentriques et aux noms bizarres avaient souillé la France. Il me semblait que tout s'était à jamais effondré, et ce n'était qu'avec effroi que je m'étais vu chargé d'un commandement que je savais devoir présenter quelque difficulté.

Quel ne fut pas mon étonnement et mon bonheur à la vue de ces belles et bonnes troupes! Leur discipline, leur tenue, leur allure énergique, les figures bronzées des soldats affirmaient, à première vue, même aux yeux les moins clairvoyants, qu'elles étaient aguerries, sûres d'elles; un instant de conversation avec leurs chefs m'affirma qu'on pouvait tout entreprendre avec elles, et je leur dois la justice de dire qu'elles ont tenu ce qu'elles promettaient.

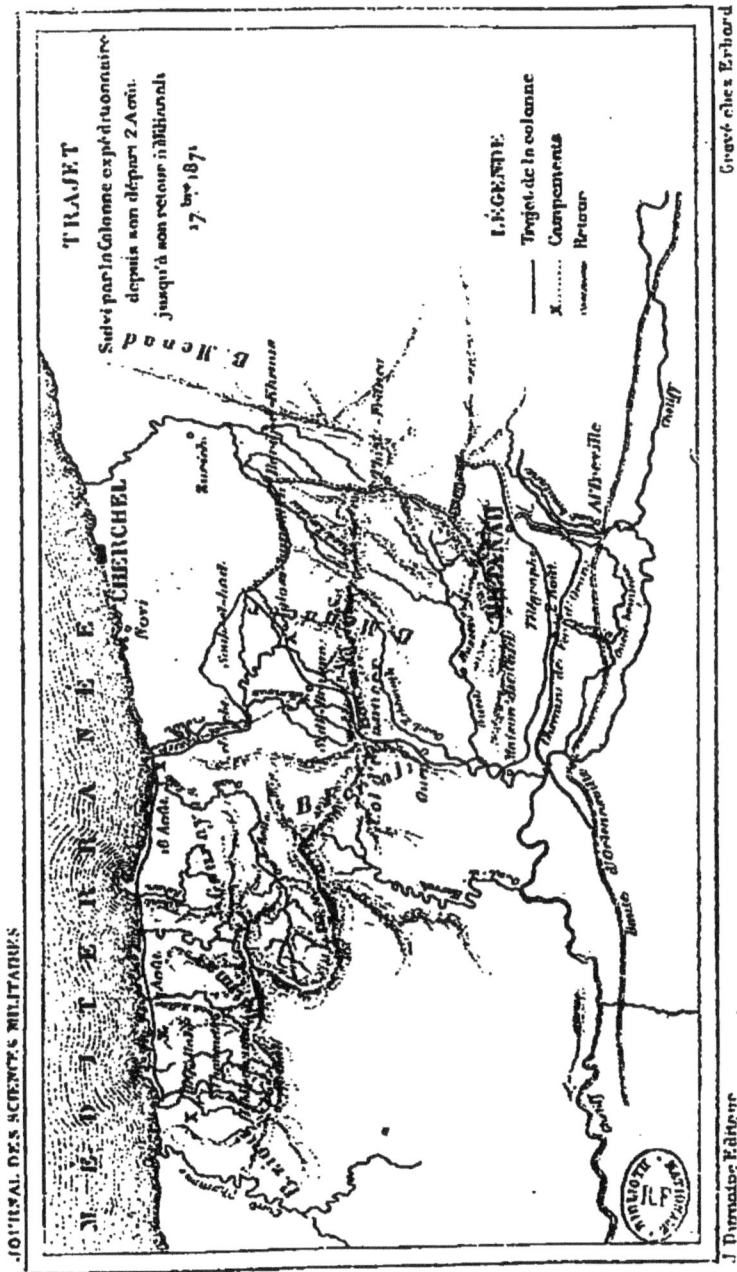

TRAJET

Suivi par la Colonne expéditionnaire
depuis son départ 2 Août
jusqu'à son retour à Miliana le
17 7bre 1871

LÉGENDE

Trajet de la colonne
Campements
Retour

Gravé chez Erhard

J. Dumaine, Éditeur

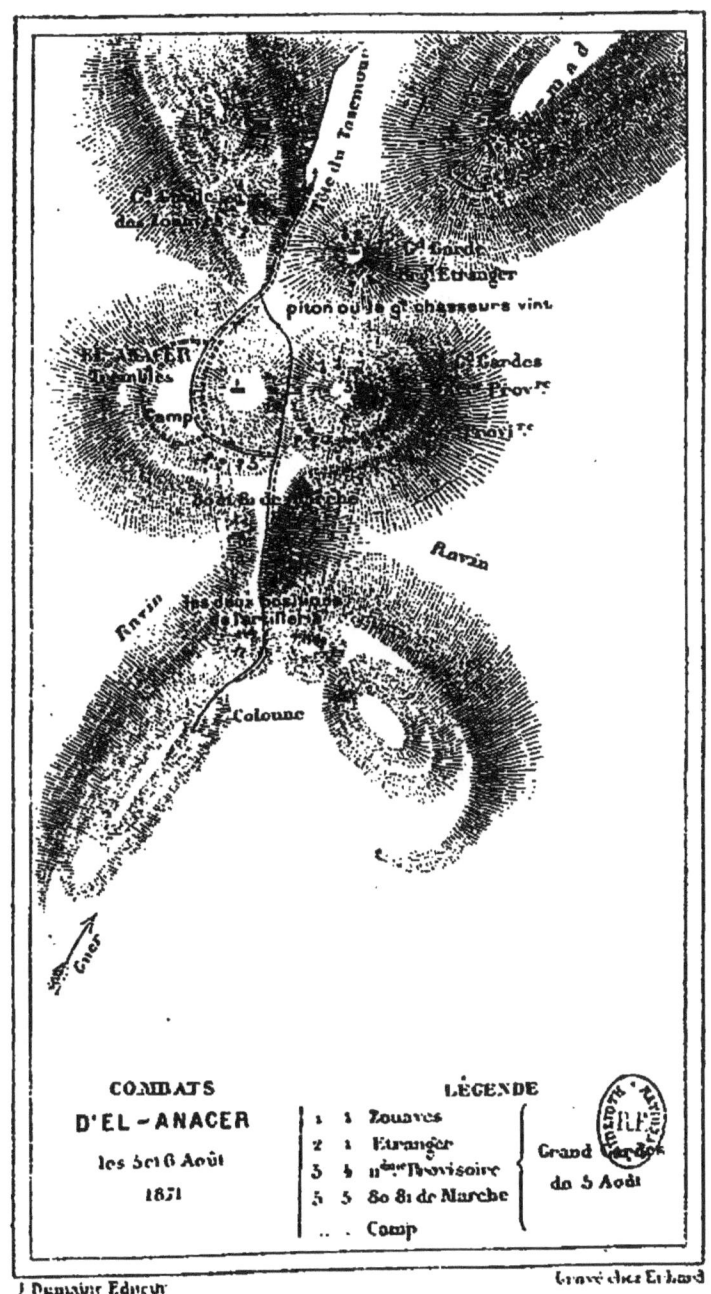

COMBATS
D'EL-ANACER

les 5 et 6 Août

1871

LÉGENDE

1   1 Zouaves
2   2 Étranger
3   4 n^{er} Provisoire
5   5 8o 8i de Marche
.. . Camp

Grand Gardes
du 5 Août

J. Dumaine Éditeur   Gravé chez Erhard

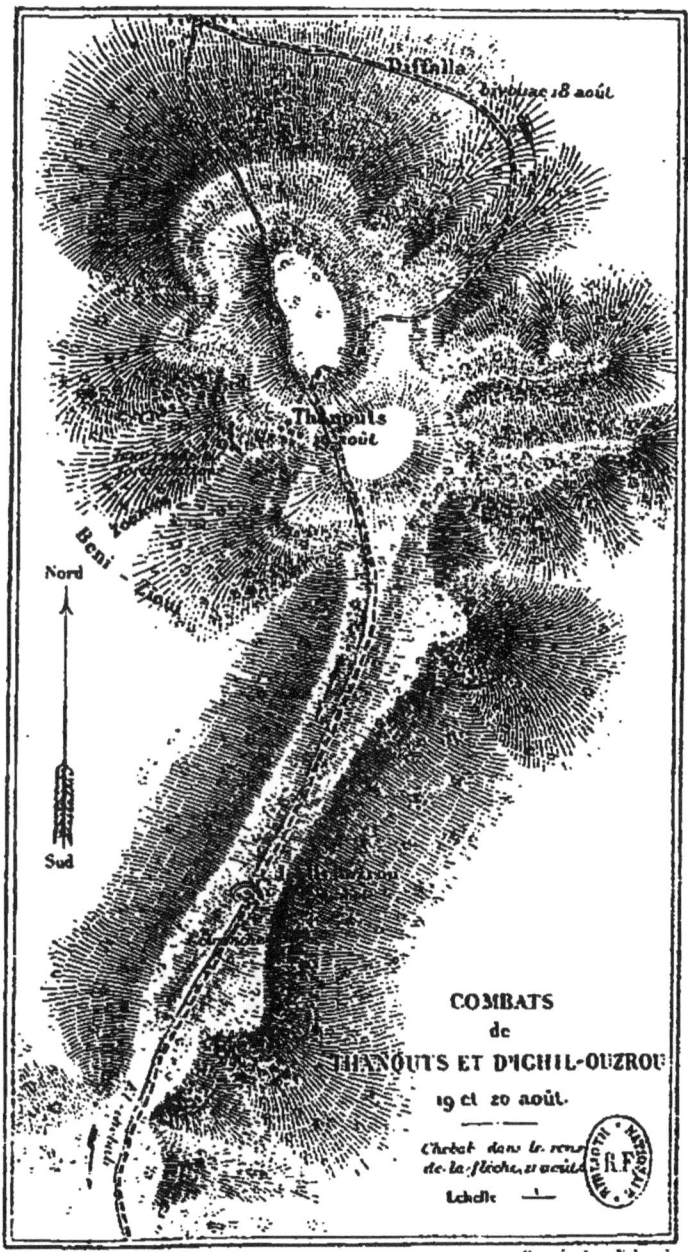

Diffalla

Dévoiloac 18 août

Thanouts
20 août

Beni - Ziou

Nord

Sud

COMBATS
de
THANOUTS ET D'ICHIL-OUZROU
19 et 20 août.

Combat dans le sens
de la flèche, 21 août

Échelle

R.F

J. Rouamain Éditeur   Gravé chez Erhard

TABLE.

—

Paris. — Imprimerie de J. DUMAINE, rue Christine, 2.

www.ingramcontent.com/pod-product-compliance
Lightning Source LLC
Chambersburg PA
CBHW061644180626
46818CB00003B/961